苍茫之下

●罪与罚

钟宇 著

花城出版社
中国·广州

图书在版编目（CIP）数据

苍茫之下. 罪与罚 / 钟宇著. -- 广州 : 花城出版社, 2025.8. -- ISBN 978-7-5749-0551-1

Ⅰ. I247.5

中国国家版本馆CIP数据核字第2025PM7384号

苍茫之下：罪与罚
CANGMANG ZHI XIA: ZUI YU FA

钟宇/著

出 版 人	张 懿
责任编辑	李 卉　邱奇豪
责任校对	衣 然
技术编辑	凌春梅
封面设计	张贤良
出版发行	花城出版社
经　　销	全国新华书店
印　　刷	佛山市浩文彩色印刷有限公司
开　　本	880毫米×1230毫米　32开
印　　张	8　1插页
字　　数	170,000字
版　　次	2025年8月第1版　2025年8月第1次印刷
定　　价	49.80元

版权所有·侵权必究。如发现印装质量问题，请与出版社联系。

联系电话：020-37604658　37602954

目录

引子 / 001

贺清明:宁做鸡头,不做凤尾 / 007

刘剑:朝如青丝,暮成雪 / 072

顾文:我有我解决问题的方法 / 138

白禾:化名劳云子的女人 / 192

尾声 / 248

引 子

1

南霸天其实并不想参加这个什么鬼企业家协会会长的选举。

他虽然平日里牛皮吹得响,但对自己几斤几两还是有数的。前几天他那读五年级的小儿子的语文书放在客厅,他闲来无事翻了几页,发现里面居然还有很多字不认识。于是,今天他就给赖总打了电话,说:"这个企业家协会的事,我看就算了吧。"

赖总到这中原小城里已经六七年了,普通话比当年已经好了不少:"天哥,这事不是说你觉得可不可以,而是公司需要。"见南霸天没吱声,赖总又说:"你换种方法理解这事吧!这一次协会会长的选举,是你跨上真正精英层最重要的一步。"

南霸天扭头,看他那相好的女人背对着自己,手放到身后,在扣那黑色胸罩的扣子。许是这胸衣码数小了,或是女人较之前胖了。扣子扣好后,胸衣带周围勒出一圈肉。

赖总的指导在继续。"天哥，你现在已经不是几年前的你了。以前你有你南霸天的名头就够了；可现在呢，你已经今非昔比，做大做强了。一个小小的社会人圈子，容不下你了。你需要更广阔的天空……"赖总这人，年轻时喜欢写点东西，所以有时候和人聊天，会冷不丁地抛出几句唯美的话来，杀伤力特别大，"只有更广阔的天空，才能放任你的飞舞。"

南霸天连小学五年级语文书上的字都认不全，自然没兴趣上赖总说的"天空"里去飞舞，但这并不影响他的开悟。只不过，他不是因为赖总的话语开悟，而是在女人的胸衣上看到那一圈肥肉后，豁然开朗。"我想我明白了，就好像……"他笑了，决定也和赖总一样，举个体面的例子来，"就好像是一条鸡……不，应该说是一条潜龙，盘在人的紧身三角裤里。龙要勃起了，三角裤太勒，影响了他的做大做强。"

赖总很高兴，说："就是这个意思。"

挂了电话，南霸天就给贺清明打了个电话过去："小混蛋，你再看看商会那边，还有谁头铁，不肯支持我做这会长。"

贺清明说："哥，之前不是给你汇报了吗？就是唐老鸭看不惯你。他是商会老人，很多人看他脸色行事。"

"唐老鸭？就是你们上次在体育场把他儿子给一枪打死了的那个？"南霸天问。

贺清明说："就是他。"

"哦！那难怪人家不支持我，原来是你这小混蛋种下的孽缘。"南霸天边说边翻身下床，继续道，"看来，这次还是一场硬仗啊。你现在叫上几个人,带上家伙。我们今晚上就去四海机械厂那边找到他家,拜访拜访这个老东西。"

贺清明应了。

南霸天放下电话,拍了下女人的屁股:"你给找找我的底裤,我底裤找不着了。"

2002年5月18日,南霸天决定领着他的手下小混蛋、铁牛等人,去南陆市的四海机械厂家属院会一会在南陆市企业家协会,也就是南陆市商会这个机构里,始终和自己唱反调,外号"唐老鸭"的四海机械厂厂长唐明海。

2

今天是南陆市公安局油田分局搬迁到新办公室的日子,之前虽然把油田派出所的牌子换了个分局的牌子,可人还是那么几个人,地方也还是那么个地方,辅警也没给多批出几个名额来。到今年,市局才正儿八经给这油田分局进行了一次大的升级。这分局局长刘长春,顶着个局长的头衔,办了三年派出所所长的事。到今时今日,终于有了点一局之长的感觉了。

仪式感总是要有一点的,但公检法是政法机关,不能带头搞些封建迷信的破事。人家工商税务办个活动,还可以敲锣打鼓舞个狮子,给公安局整这些,不合适。于是,早上的升旗仪式,就变得尤为重要了。局里的这一干人等就早早地站在外面,正好大门上方在挂新做好送过来的国徽。大伙抬着头看,吆喝着:"往左边一点……偏了,偏了,再往右边一点。"

挂好后，刘长春就清了清嗓子，说："来，我们列个队！"

局里面的警察和辅警几十个人，连忙列好队。刘剑自然也在，站在最前面。已经二十六岁的他，一张大脸上，胡子就没干净过。就算刚刮完，也是那种铁青色。

刘长春喊："立正！敬礼！"

大家齐刷刷抬手，看着国旗缓缓升起，大家默默地跟着唱国歌。平日里时不时嬉皮笑脸互相打趣的一帮大老爷们，在此刻表情无比严肃。

"礼毕！"刘长春看了看大伙，寻思着是不是要说上几句，可市局的领导昨天晚上过来开会时，他把该说的都已经说过了，这一会似乎也没啥需要补充了。

末了，他说："对了，今天还有一个事。我们局里的小刘，嗯，就是我儿子刘剑，今天就要离开我们油田派出所了，调去市局刑警队，干正儿八经的刑警了。"

大家其实也早都知道这事，但这会儿还是都咧嘴笑，稀稀拉拉地拍手。

刘剑也站到了前面，冲大家鞠了个躬，说："这两年，很感谢各位叔叔阿姨的照顾……"

刘长春从后面踢了刘剑的屁股一脚："都是同志，别搞社会人套近乎那一套。"

刘剑便收了笑，冲他面前的一干叔叔阿姨敬了个礼："那就感谢同志们的照顾和教导。接下来的日子里，我一定会恪守我从警的誓言，为捍卫政治安全、维护社会安定、保障人民安宁而英勇奋斗。"

2002年5月18日，南陆市公安局油田分局原民警刘剑，正式调入南陆市公安局刑警一大队，成为一名刑警。而他出的第一次警，就是当天晚上发生在南陆市四海机械厂里的水泥搅拌机女尸案。

3

南方的五月，雨水比较多。如若是小雨，工头毛大海就还是会要求大家去工地里赶进度。可今天这一大早又是打雷，又是刮风的，便只能让大伙在工棚里休息。毛大海就开始吆喝，说要玩几把骰子，他坐庄。他还说要搜刮大家一两千块钱，当作今天要给大家正常开工资的补贴。

大伙就笑了，说就怕他今天又会输两千块钱给大伙改善一下生活。

一干人等就在工棚里围着一张桌子玩起了天九，闹哄哄的，好不热闹。但工棚角落里，还站了几个人，并没去参加赌博，而是在那抽烟，聊天，看报。

手里拿着当天报纸翻着的人就在那大惊小怪了："嘿，你们看看这条新闻，一个姑娘被塞到水泥搅拌机里给搅没了。"

旁边抽烟的那位就抢过了报纸，看了看，说："南陆市，不就是小平头你的老家吗？"

蹲在地上的一个留着平头的小伙就抬头了，问道："是多大个事件啊，能让南方的报纸都给刊登了？"

拿报纸的人就念道："前天晚上，南陆市四海机械厂里发现一具女尸,是在一个工地的水泥搅拌机里。死者……嗯,我看看,死者还挺年轻的,才十八岁,姓白。"

"姓白?"平头小伙站了起来,"南陆市四海机械厂?"他接过了报纸,上面一条简讯,正是说着两天前发生在南陆市的这起恶性杀人案。

平头小伙紧张了起来,因为他和贺清明通过电话,知道了当年被他用枪打死的家伙,是南陆市四海机械厂厂长家的独子。贺清明还说了,对方放出过狠话,血债就得血来偿。

是的,这个被人唤作小平头的小伙,正是杀人后潜逃多年的顾文。他皱了皱眉,看了一眼工棚外的瓢泼大雨。最终,他咬了下嘴唇,然后走到工头毛大海身后。

"大海哥。"他小声喊道。

毛大海正在抓着骰子吹仙气,被人打断了施法,有点恼火:"干吗?"

"我要请几天假。"平头的顾文说道。

"滚!"毛大海骂道,末了又补了一句,"正好这几天天天下雨,少一个人在这领工钱,老子求之不得。"

顾文冲他点了下头。他将身上印着"建工集团"的工衣脱下来,又将安全帽放到了旁边桌子上。

他掀开了工棚的帘子,外面电闪雷鸣,狂风暴雨。

"小平头,你这是要干吗?去投胎吗?"旁边的工友冲他喊道。

"嗯,我回家去看看。"顾文大步往前,消失在这场大雨中。

2002年5月20日的《南部晨报》上,刊登了这么一则新闻:《5月18日晚,南陆市惊现碎尸案》。

贺清明：宁做鸡头，不做凤尾

1.机械厂搅拌机女尸案

这天下午，南霸天喊话要大家集合，说要出去办点事，约的地方就在铁牛郭连环开的饭店里。这铁牛早些年杀过人，被关了十几年才出来。出来后，跟着他那勉强算是亲戚的小混蛋贺清明，入了青龙城当内保。在这青龙城门口，有个摆摊卖香烟的寡妇，领着一个长期挂着鼻涕的儿子，大家都叫她张姐。这出狱不久的中年汉子铁牛，经常在她摊上买烟，久而久之，和这徐娘半老的张姐就好上了。后来两人还像模像样办了个婚礼，也扯了证。内保里的孔六啊，王百顺啊，正义啊，这些人就调笑，问铁牛和张姐什么时候再生个崽。铁牛说不生了，还说是因为自己身体不好。

过了一会儿，张姐那个改口喊铁牛做爹的挂鼻涕儿子淘气，铁牛就骂了："你小子再给老子淘气，就别怪我给你生个弟弟。"说完这话，他和曾经摆着烟摊，而现在跟着自己开上了饭店的张姐相视一笑。

所以，南霸天背地里就说了："以前啊，我们铁牛，是可以随时说杀人就杀人的狠人;现在,人一有了牵绊,就没那么能耐了。"

贺清明站在旁边听着,点了点头。

二十七岁的贺清明,也不再只管着青龙城的内保队了。城市升级,南陆市的老旧城区拆迁改造。造新楼房的活,目前还轮不上他管;拆老城区的活儿,他一个不落。在这新世纪伊始,市民们对拆迁其实都还是接受的——政府给够钱分好房,从此告别平房,住进楼房,何乐而不为呢?钉子户毕竟是极个别人,遇上了,无非还是拆迁办那些干部的事,不会真的需要社会人去处理。电视里那些一群社会人凶神恶煞地冲进老百姓家里打砸强拆的情况,太戏剧化,居然也有人信。

当然,贺清明领着这一干弟兄,在拆迁现场,也不是没活儿干,因为年轻人愿意迁,可老人不愿意啊。所以,每一个开工动土的工地,都会有几个老人过去闹上一会儿,趴在地上哭啊,说老祖宗留下来的屋子,被他们祸害了,会有报应啊。这时,贺清明就会站在旁边冲孔六、王百顺等人使眼色。孔六他们几个,也早就不自己下场做事了,他们又吆喝起公司的那些个所谓的同事,其实就是一批初入社会的小伙。小伙们嬉皮笑脸地应着,跑过去喊人家爷爷奶奶,说"你们小心别摔着"。为了不让他们的爷爷奶奶摔着,小伙们热心地将爷爷奶奶们抬起来,抬到旁边有着遮阳伞的阴凉地。爷爷奶奶们很愤怒,踹小伙们。小伙们满脸笑容,说"爷爷奶奶别生气,我们还准备了鸡蛋,一会一人领五个回去,中午炒着吃。"爷爷奶奶没这么容易消火,说要十个。

小伙们就去问孔六："六哥，他们要十个给不给？"

孔六笑了，说："这么大的事，得问你们混蛋哥，他说了才算。"

所以说，中国就是由无数个一模一样的城市组成，城市中发生过的故事，也都大同小异。发生在南陆市的这一幕幕，在我们每个人生活的城市里，也都陆续上演过。只是，这些事换上了不同的人儿来演绎——演绎着彼此在大时代下被预设好了的命运轨迹。

南霸天要大家下午到铁牛的饭店，先一起吃晚饭。王百顺五点不到就到了，往角落一坐，就跟死了娘一样喊："张姐，给我来碗面，中午酒喝多了。"

张姐应了，喊厨房给王百顺下面。面端上来后，铁牛就来了，冲王百顺点了下头，然后进吧台里清点单据去了。

王百顺拿筷子，吃面，一口面吃下去，就骂了声娘，然后往外跑，蹲路边开始吐。铁牛看到就愣了，过来看那碗面，面上撒的不知道是什么盖码，颜色也挺不好看的。铁牛就纳闷了，寻思着这厨房怎么做出一碗卖相这么差的玩意，又寻思着这王百顺吃了一口就出去吐了，估计是非常难吃。

铁牛拿了双筷子，夹起一筷子面尝了一口，便皱眉了。紧接着他又端起碗，喝了口面汤，脸色就变得铁青。他把筷子往桌上一扔，扭头冲后厨喊："这碗面是谁做的？这是给人吃的吗？他妈的，又腥又酸，难怪把我兄弟都给吃吐了。"

后厨的师傅急急忙忙出来，张姐也出来了，满脸狐疑，不知道是怎么个情况。铁牛正要继续发飙,那之前去了外面的王百顺进来了,手里拿纸巾抹着嘴,说:"姐,给我重新下一碗。"他打了个嗝,又说:"中午喝太多了,刚才没忍住,吐到面条里去了。"

铁牛大喊了一声:"操!"冲出去蹲在马路边也吐了。

贺清明是自己开车过去的,车上还有孔六和正义,都是当年内保队的兄弟。他的车不是自己买的,是南霸天之前的那辆桑塔纳。前些天赖总也说是不是要给小混蛋换辆新车了。南霸天说:"他还是小孩子,换辆新的不合适。"

贺清明也说:"没错,我们有个代步工具就可以了。"末了,从赖总办公室出来,孔六就小声嘀咕道:"人家赖总的钱,天哥给他省啥呢?"

已经二十好几的贺清明,也不再是当年那个对南霸天言听计从的愣头青了。他心里想的其实和孔六所想差不多,但嘴上却还是说:"可能省着等以后直接给咱换辆大奔吧!"

"给你换辆大奔?"孔六笑了,"得了吧,混蛋哥,那恐怕得等他退了休。"

贺清明也笑了:"天哥1951年生人,五十多了,也可以退了。"

两人一起哈哈大笑。

此刻,和贺清明一起走进铁牛饭店的,正是和他形影不离的孔六,还有叼着半截烟屁股的正义。正义就是几年前被大剑在青龙城门口给喷了一霰弹枪的那位。当年挺俊一后生,在医院里躺了三个月,重了四十斤。这两年又学人家电视里唱摇滚的歌星的范儿，留了一头长发，披着。一米八三的个头，加上这奔两百斤的体重，衬衣又长期留三个扣子不扣上，露出里面那若隐若现的枪伤疤痕，特有杀气。

其实当年青龙城组建这支内保队时，本也是照着这么一个很有气场的"男团"方向特意选的人。只不过，当时他们几个也都还年轻，没长开，就只有铁牛站出去像个顶天立地的汉子。到这几年经历过各种乱七八糟的破事后，贺清明手里的这几个兄弟，一个个都长开了。孔六是大块头，脖子上挂了根去云南旅游时花两百块钱买的金链子，顶着一个那年代社会人最流行的平头。那王百顺更别提了，人家本来就是市篮球队退役下来的，就是长得丑了点，笑起来显得很猥琐，不笑的话就显得很凶恶。所以，他在有外人的时候，一般都是不笑的；和兄弟们在一起时，才会露出他猥琐的一面。

至于他们当年内保队的另一个兄弟大圣，在体育场枪击事件后，也没脸继续在青龙城里待着了，跟着刘猛开公司去了。而刘猛上头的老板，正是从市房地产开发公司停薪留职出来的古经理。只不过，这古经理惹上了一些官司，前年年底领着他的情人，在一个月黑风高的夜晚，悄悄地跑路了。

所以，外人只要一说起这两年开始往房地产领域发展的南霸天的手下，就会提起贺清明、铁牛、王百顺、孔六和正义，说这是南霸天这些年在市区里只手遮天的五大王牌。可实际上南霸天自己认为，只要管好了他所谓的徒弟——小混蛋贺清明，这个最强战力的团队就能始终为自己守护江山。

大伙没点菜，菜是张姐给直接安排的。南霸天到的时候,菜也陆陆续续正在上。之前也说过,这南霸天是个话痨。为了让自己显得不是话痨,他养成了一个说事说半截留半截的习惯。但今天不同,今天是要去办事,所以不能藏头藏尾。于是,南霸天就说了:"那四海机械厂的唐老鸭都知道吧?今天我们提点烟酒和水果,上他家去问候问候他,争取一下让他和咱化敌为友。"

王百顺问:"天哥,你说的是那亲儿子都被我们给干死了的唐老鸭吗?"

南霸天说:"就是他。"

孔六笑了:"难怪要把我们都叫齐,还要提烟酒和水果,这是要软硬兼施啊。"

南霸天说:"谁要硬了?老子现在是企业家了,只要软。"

铁牛夹起一筷子菜,放南霸天的碗里:"来,今天到的熏牛鞭,不硬,软得很。"

大家哄堂大笑。

吃完饭,大伙又说了会儿话。到八点出头,六个人才出门。南霸天自己没开车,门口候着的是赖总的那辆商务车,车上的司机叫马矮子,退伍军人,是赖总自己招进来的。马矮子守规矩,不乱说话,也不乱下车。他喜欢啃馒头,饭点不用管他饭,他自己在车上啃馒头、喝枸杞泡的水就可以了。赖总也点评过,说这马矮子有大智慧,知道自己这司机的工作就应该这个样。南霸天就笑,说:"行了,就你会招人,伯乐呗。"

大伙都上了那辆商务车。因为块头都大,所以坐上去后,最后一排坐着的王百顺、孔六和正义就有点挤。孔六问正义:"你这一头毛多久没洗了,怎么这么油呢?"

正义说:"昨天刚洗的啊,不过涂了头油。这发型,要的就是这种油乎乎的效果。"

王百顺说:"下次不要涂了,味道太冲。"又说:"你和你家小玲子在床上做运动时,是不是要把头发扎起来啊?否则,你这披头散发地一通晃,还浪叫几声的话,小玲子会害怕吧?"

正义说:"怕你妹。"顿了顿,他便对前面坐着的贺清明说:"嘿,你还别说,清明啊,我前几天在街上看到你妹白禾了,小丫头长得越来越水灵了,跟那个香港唱歌的那个……那个谁特别像。"

贺清明说:"是啊,她十六七了,下半年进卫校。"

就这样说着话,车也很快开进了四海机械厂家属院。在家属院门口,南霸天安排的一个小老弟,已经骑着单车在那儿候着。他冲车上的人挥手,挤眉弄眼,然后在前面蹬着单车带路,是要领大家去唐老鸭家。

这唐老鸭,大名叫唐明海,是四海机械厂的厂长。他做小伙那会儿,社会上乱。唐明海领着他们四海机械厂里的一帮子弟,在市区里打过几次架,也抢回了不少军书包和绿军帽,收获了一些名气。后来恢复生产,他就回了厂里跑供销。一路十几年下来,唐明海当上了四海机械厂的厂长。这四海机械厂,加上家属,也有一两万人,都归他管着,他也算是南陆市的一个风云人物。可惜的是,家里的独子,几年前死于非命。所以,他在市企业家协会的选举上,坚定地与南霸天唱对头戏，也是有历史原因的。

那踩单车的小伙一路往前，路灯也越来越暗。到一个有围栏的院子前，他就扭头挥手。坐副驾驶的贺清明将车窗放下，听到那小伙喊着："下车吧，走过这片旧工地就到了。"

几人就开始下车。贺清明环顾四周，这似乎是机械厂外的后山，没啥房，路灯也没有。唯一有点突兀的，是不远处还停了辆货车。众人下车后，那货车亮着的车灯一下就暗了。本来在那颤啊颤的车身也不颤了，应该是车上的司机将车熄了火。贺清明就问那小伙："唐老鸭怎么住这么偏？"

"他选了这厂后山的一块地，搞了批文自己建了个小楼。"小伙说，"从家属楼那边也可以进去，我不是怕你们一帮人凶神恶煞的，被人看到吗？所以选这边进去，没人。过了前面那废弃了的工地，就到他家了。"

南霸天觉得这小伙说得也对，便要王百顺等人从后备厢搬东西。一箱酒、一箱烟，还有一个水果篮。酒是茅台，烟是中华。正义抱着那箱茅台，冲南霸天说："天哥，你对人家怎么就这么好？对我们哥几个就小气得要死，天天只给我们灌啤酒呢？"

南霸天白了他一眼："你们年轻人，喝啤酒才健康。到你们也五十岁了，想喝啤酒，肚子也不允许了。"他又看了一眼那两箱烟和酒，说："要是搁我十年前那会，这箱子酒就算喂狗，也不会拿来送给这种和我唱对台戏的老王八蛋。"

正义连忙说："天哥，我就属狗，喂给我。"

南霸天哈哈大笑，催促机械厂那小伙赶紧带路，往黑乎乎一片的废弃工地里走去。贺清明心眼多，便又看了不远处那货车一眼。只见那货车驾驶室里，连人影都没有。贺清明寻思着，难道刚才众人搬东西的时候，那货车的司机下车走了不成？就这么个念头闪了下，他也没有深究，跟着大家进了那废弃院子的大门。

当时有月亮，倒也看得见路。可走了几分钟后，那前方似乎越来越荒了。贺清明就问道："你确定没走错吗？"

那小伙说："没走错。"他停下来左右看了看，然后声音突然提高了，大声喊了句："应该就是这里了！"他话音一落，一道白色的强光就从旁边那一栋只盖了三层的烂尾楼楼顶照了下来，将南霸天等六人给照得都抬起了手。接着，那黑暗处有一记呼哨响起，人跑动时发出的脚步声也此起彼伏。大伙眯着眼看，只见周围多了二三十个人影，手里好像还都挥舞着家伙。站在最前面的一人在喊话："嘿嘿，这口袋一收，装下的还是几个狠角色啊。"

几人也都意识到，这是遭了人的埋伏。但他们都是见过大风大浪的人，也并不慌。南霸天便冲那为首的人影喊："你们四海机械厂的电费不要钱吗？拿这么亮的灯照人，是怕我们看清楚你们的脸吗？"

那人便朝着灯的方向挥手，举灯的人便调了方向，不是直射了。于是，在这光亮下，大伙才看清所处的是个废弃的建筑工地，周围站着的人，也都一个个凶神恶煞。为首的是一个矮壮的中年人，稀稀拉拉几根头发盖着秃了的顶。

南霸天自然是认识他的，笑着说："明海老哥，你这是干什么呀？你看看，我们提着烟酒果篮，要上你家登门拜访。你倒好，叫人把我们带到这鸟不生蛋的地方，是要玩躲猫猫吗？"

这矮壮的秃顶，正是四海机械厂外号"唐老鸭"的唐明海。他也歪着头，说："南霸天领着他手下的五大金刚，来我家送烟酒果篮，谁会信呢？"

南霸天一指身旁人抱着的烟酒："老哥，你这内心也是太阴暗了。看看，这好烟好酒不是都还抱在怀里吗？"

唐老鸭也笑了："既然这样，那么天哥，我也不为难你们了。你们把烟酒放下，一会儿我分给我的弟兄们。然后呢，你们六个人都跪地上……算了，都是有头有脸的人物，也不要跪了，蹲着吧，合唱一首《世上只有妈妈好》。那今天的事，就这样算了，你看行不？"

南霸天身边抱着烟酒提着果篮的几位，已经默默将东西放到了地上。铁牛阴着脸，开始脱外套。唐老鸭看了这架势，也抄起了地上的木棒，说："老子不出去收拾你们这些狗东西，把你们惯到想要到我们机械厂里来撒野了。弟兄们，记着刚才跟你们说的，木棒只要不打头，就不会有多大事。盯着他们的手脚砸，让他们以后吃饭都要妈妈喂。"

打这种群架，拼的就是人数。就算是铁牛这种一人能打翻三四个人的主儿，今儿个也注定了要躺下。但南霸天不慌的原因，是因为他们这一趟并不只有六个人，工地外面还有个马矮子。别人不清楚马矮子的底细，以为他只是个帮老板开车的中年人。可南霸天知道马矮子是扛着枪去过越南的，那可是真刀真枪在死人堆里摸爬滚打过的。再说了，为了以防万一，南霸天在马矮子的车后备厢里，还塞了两把真家伙。来之前，虽然没有对马矮子叮嘱什么，但凭他对马矮子的了解，这会儿的他，在听到远处的声响后，应该已经将手里的烟头往地上一丢，转身上车，发动了汽车。

果不其然，发动机的轰鸣声猛地响起，两道耀眼的远光灯射入现场。伴随着这轰鸣声，一辆黑色的商务车冲了过来。机械厂的人连忙躲开，汽车将围着南霸天等人的人群挤出了一个口子，然后只见商务车发出怪声开始原地打转掉头。看这架势，是要表演真正的技术，上演只有在香港电影里才有的经典桥段。

马矮子艺高人胆大，也架不住开着的是一辆二手的商务车。许是这一脚油门后加急刹，再猛打方向盘的操作太过行云流水了，导致车尾撞到了旁边立着的一台水泥搅拌机上。那水泥搅拌机也不甘示弱，发出吱吱的怪叫声，然后倒下。也就是在这水泥搅拌机倒下的同时，一团黑乎乎的东西，从搅拌机的出水泥口里滚了出来。

"快上车！"马矮子大声喊道，并按下了车门的开关。要知道高端商务车，都是有自动开门关门装置的，不像其他车的车门，拉开门就可以上车走人。于是，同样反应神速的几人大步过去，可那车门还很有仪式感地缓缓移动着。

唐老鸭喊："给我上！"那一群机械厂的小伙们，操着家伙就过来了。

"拿家伙！"南霸天也喊道。

挨着车尾的正是贺清明，他一抬手，一把掀开了车尾的门，朝里伸手。也是在这时，他发现刚才从那倒下的水泥搅拌机中滚出来的那一团黑乎乎的东西,此刻正在他脚下。紧接着,他看到了正对着自己的,是一双紧闭的眼睛,以及鼻子,还有清晰可见的嘴——嘴是张开的,里面好像还塞着一团白色的东西。

"停手!"贺清明举起了手,"有……有死人!"

四海机械厂碎尸案的报案人,是该厂前厂长唐明海。市局刑警队赶过去时,发现现场有三四十个人,都点着烟在尸体被发现的一个烂尾楼工地里傻站着。刑警们就问:"你们怎么这么多人,大晚上不在家睡觉,都跑到这破地方守着是要干什么?"

唐老鸭身后的一个小兄弟就说话了:"报告干部,我们开爬。"

问话的黑壮大个子刑警就迷糊了:"爬?爬去哪里?"

小兄弟说:"就是P、A、R、Y、Y,爬。"

这黑壮大个子刑警更迷糊了:"你这是要跟我们对个什么暗号吗?"

那小兄弟就翻白眼:"还警察呢?文化水平这么低。"

这大个子刑警旁边站着的一位下巴满是铁青胡茬子的刑警就说话了:"你说的是party吧?你是不是拼错了字母?你想说的是开派对吧?"

那小兄弟说:"是,我们就是在这儿办派对。"

下巴满是胡茬子的刑警就笑了。没错,他正是第一天调到市局刑警队的刘剑,而他旁边的那个又黑又壮的刑警,是他在警校的同学,现在也已经在市局刑警队工作的薛铁锤。

而不远处跟着法医蹲在地上的，是他们的另一个警校同学沈晓乐。

薛铁锤也笑了，他看了看周围，认出了不远处一辆黑色商务车旁站着的人，正是这南陆市声名显赫的社会人头头南霸天。

"要不，都给铐上再说吧？"薛铁锤说道。

刘剑摇头："我们没带那么多铐子。"

机械厂那负责来对话的小兄弟就急了："怎么了？我们发现有人死了，立马不打架了，给你们打电话，还都留下来帮你们守着现场，没有一个人提前开溜的。你们……你们居然还想铐我们，这还有王法吗？我们这应该算是好市民，这属于拾金不昧……啊，不对，这是见义勇为的行为啊。"

旁边一个人小声嘀咕道："也不对，不是见义勇为。"

"反正是好市民才办的事。"负责对话的小兄弟正色说道。

四海机械厂碎尸案，案发时间为2002年5月18日晚。尸体是由一群四海机械厂下岗职工与南陆市几个社会闲杂人等在一片废弃的烂尾楼工地里"开派对"时意外发现的。发现尸体后，这群"开派对"的男子积极向市公安局报案，并尽可能地保护了现场。到市局刑警赶到时，现场一共有三十七个报案人，没有人提前离开。刑警在现场捕捉到了三十七枚不同人的脚印，经确认，都是报案人的脚印。藏匿碎尸的水泥搅拌机，被现场的一辆黑色商务车撞翻过。这一切的一切，都导致了发现尸体的第一现场被破坏得极其严重。而搅拌机里和水泥、砂石等搅在一起的尸块，目前还在整理统计中。经法医初步分析，为女性，十八岁左右，与五天前四海机械厂报的一起高三女生失踪案中的白姓当事人，情况基本符合。

到当晚11点15分，经家属辨认，死者身份确定，正是四海机械厂前几天失踪的女生白丽蓉。

要知道，只要是命案，对于公安机关来说，就是重大警情。案子被市局刑警大队一大队接了。一大队的队长姓管，当时去北京参加刑侦技术培训去了。一大队这两年正赶上人员流动，老刑警到年龄退了几个，新刑警都是刚加入警队几年的后生仔。不过，薛局对一大队的未来还是很看好的，因为有一个事实摆在眼前，那就是刑侦技术正在快速迭代中。痕迹学、法医学等现代刑侦技术武装了的新刑警们，正在这个新千年伊始，快速登上国内刑侦领域的舞台。

技术过关……但这些个新刑警，缺的是处理各种事件的能力。尸体和现场勘察，有同事在干。可接下来要和报案人做笔录的事，还是得刑警们自己做。今晚上这报案人有三十七个，总不能说选两个代表就可以了，万一中间有什么有价值的线索漏了可不好办。于是，薛铁锤等人就要求这废旧工地里的三十七个报案人，都去一趟市局，挨个做下笔录。

这如果是一般的社会人，自然是不会同意的。可那三十个四海机械厂的人，是有领导带着的。唐明海虽然有着混社会的外号——唐老鸭，可他的官方身份始终还是国有企业领导，不能带头抗拒公安同志的调度。

见唐老鸭那边的人应允了去市局，南霸天就在商务车的车窗里探出头来，说："那我们也过去吧，做好一个好市民应该做的事。"

贺清明几人就上了车，孔六他们还继续抱着烟酒和果篮。南霸天从果篮里拿出一串香蕉，一人分了一个，然后要马矮子开车。商务车慢悠悠开出了那废弃了的工地，贺清明又往之前看到的货车位置看了一眼，没瞅见那车了。到出了四海机械厂后，他们又停了一会儿车，下车检查了一下车尾撞得严重与否。

"也就一个凹陷，送修理厂几百块钱就能修好。"马矮子看了看说道。

几人再次上车准备开车时，突然听见单车铃声此起彼伏。紧接着，从他们身后的四海机械厂方向，驶出了十几辆单车，每辆车后面都还坐着人。大伙一看，这不正是刚才在那破工地里要收拾哥几个的四海机械厂的人吗？

南霸天乐坏了，说："开远光灯，照他们。奶奶的，敢用灯照老子。"又说："按喇叭，吓死这群小兔崽子。"还说，"超，超他们，让他们在后面吃我们的屁。"

末了，超了那群骑单车的小伙后，南霸天将车窗打开，扔了香蕉皮出去。商务车猛喷了一股子黑烟，扬长而去。

因为有车，所以南霸天等人和刑警差不多是同时到了市局的院子。守门的警员就说："社会车辆停外面马路边。"

贺清明探头出来，说："我们和前面那刑警队的人一起，来协助办案的。"

警员就看前面那辆警车里下来的薛铁锤等人,正在回头看后面跟着的这辆商务车,便信以为真,开了道闸。

几人跟着薛铁锤、刘剑等人上了四楼,那里是审讯室。按理说,给这种报案人做笔录,不需要用审讯室。可来的是这南陆市赫赫有名的社会人南霸天、小混蛋、铁牛等人,审讯室不给他们安排上,好像不符合他们的身份。南霸天被薛铁锤给喊过去了,沈晓乐等人也一人领一个走,刘剑自然就挑了小混蛋贺清明。

到审讯室后,就只有他们两个和另外一个负责记录的辅警在。因为只是给报案人做记录,不属于和犯罪嫌疑人做斗争,所以在把流程都走完后,刘剑就开始冲贺清明吹胡子瞪眼:"你看看你,能不能别让我这么操心?我第一天到市局上班,就要审你这个臭小子。"

贺清明笑了:"我今天是报案人,没有做错什么事。"

刘剑就举起手里的本子,作势要打他。然后说:"你真当我们刑警队的都是傻瓜吗?还开派对呢,明显就是打群架。"

贺清明:"不是没打起来吗?只能算吵架。难道我们一群大老爷们耍嘴皮子也违法了?"

刘剑就继续翻白眼,然后要他签字。末了,刘剑又问:"好好回想一下,是不是还有什么事是对我们公安机关有所隐瞒的?目前这个节骨眼上,你坦白的话,还有机会。"

贺清明说:"刘警官,不是说了我是报案人吗?你怎么又开始来这套了?"

"这不是工作习惯吗?"刘剑说,"我的意思是你在现场还有些什么发现，或许能给我们侦破这个案件提供一些线索什么的。"

贺清明："你这样说话不就挺好的吗？这样我们热心市民才愿意配合你不是？如果你一开始就这种语气，有些发现，我早就告诉你了。"

刘剑就来劲了，忙问："是啥发现？赶紧交代，给你来个宽大。"坐旁边那个辅警和刘剑熟，也知道他和贺清明的关系，便也没太计较，坐那一边收拾东西，一边嘿嘿笑。

贺清明说："叫哥。"

刘剑喊："哥，亲哥。"

"嗯，小老弟，我真没任何发现，有了我就打电话给你就是了。"贺清明站起来，"字也签完了，那我走了。"见刘剑瞪眼，他又说："我本来就是你正儿八经的哥，我亲妹是你亲妹。"

刘剑骂："滚，别落到我手里，严惩不贷。"

贺清明就下了楼，发现他们那辆商务车已经没在市局院里停着，而是挪到了外面马路边。车亮着双闪，车外站着的是南霸天，手里举着根香蕉在吃。

贺清明就过去了，问："天哥，你被放出来了？"

南霸天说："你会不会说话？老子又没犯事，怎么叫被放出来了？"顿了顿又说："出来有一会儿了。铁牛他们几个也早出来了，我要他们自己打车走了。"

贺清明点头："那我们也走？"

南霸天说："我们等等唐老鸭，他上去有一会了，应该也差不多要下来了。"

说话间，就看到唐老鸭出了市局的门，旁边候着的两个机械厂的人也都站了起来。南霸天喊道："鸭哥，过来唠几句呗？"

唐老鸭就过来了，阴沉着脸："唠啥？和你小子有啥好唠的？"

南霸天递了根香蕉给他，说："咱俩就不要揣着明白装糊涂了。老哥，你直接开口给个条件，然后支持老弟我这次在商会上个台阶。"

唐老鸭冷笑了一声，剥了香蕉。

南霸天又说："你儿子的事，是小混蛋下面的人干的，但原因还不是你儿子动了人家未成年小姑娘吗？"

唐老鸭香蕉都不吃了，瞪眼打断了他："你再说这事试试？"

南霸天说："我的意思是……是啥来着，冤家宜解不宜结，对吧？老哥，开个条件吧，只要是我南霸天能做到的，对你老哥，我都不会讨价还价。"

唐老鸭想了想："天哥，我们也都直来直去。今年这一届选举，还有一个人，也在做着动作，也是你们市区的老社会人。刘猛，认识吧？"

"那王八蛋……"南霸天骂道，"那小子跟着房地产开发公司的古经理，也在干房地产。"

唐老鸭点头："几天前，他也来了我们机械厂找我。不过人家比你聪明多了，也带了一条烟、两瓶酒和一个果篮。不过，他就一个人来的。"

南霸天急忙道："老哥，不一样的，我是带了一箱烟和一箱酒。"

唐老鸭说："我知道，我又没瞎，看得到。再说，他的烟酒也没你的好。"

南霸天说："那不就成了？情谊的深浅一下就比较出来了。"

唐老鸭说："可人家没有带几条壮汉过来啊。"

南霸天明白唐老鸭的意思了，讪笑道："老哥，我这不是烟和酒都带得多，自己一个人搬不动吗？"

唐老鸭说："不说这茬了。要不你这样，我唐明海，也不是给脸不要脸的人。你南霸天人面广，能力强。你帮老哥两个忙，只要有一个搞定了，我就支持你上去。"

"说。"

"第一个，就是继续给我找那个叫顾文的家伙，逮到人交给我。"唐老鸭咬牙切齿道，"放心，我也不会自己动手弄死他，最后还是会交给公安局的。"

南霸天点头："这个我了解，我们都不会做违法乱纪的事情。不过，这事挺难，只能说他回了南陆市，我就有点把握。"

唐老鸭继续道："第二个，就是今晚被发现死了的这个姓白的丫头，是我一个好兄弟的闺女，也是独女。天哥，十八岁的小姑娘啊，这怎么下得去手的！这事啊，我们都好好协助一下警方，早点抓到这个杀人犯。"

南霸天说："我明白了，这第二个，就是帮忙抓这个命案的凶手，没错吧？"

唐老鸭点头。

南霸天想了想又问:"对了,你说刘猛前几天来找过你,是哪一天的事?"

唐老鸭:"周一。"

南霸天"嗯"了一声,敲了敲车门,示意马矮子开门。唐老鸭也有司机和车,不过停在对面。他转身往回走,走出几步,扭头过来,把手里的香蕉皮甩到了南霸天的车上,说:"听说你小子还冲我们厂里的小伙们扔香蕉皮。嗯,有一句说一句,这香蕉还挺甜。"

南霸天笑了,说:"本来就是买给你吃的,最贵的。"

贺清明也上了车,车门合上,马矮子将车开动。南霸天就对贺清明说:"我是不是告诉过你,这刘猛当时是因为什么事被判刑的?"

贺清明说:"是杀人吧?"

南霸天说:"这王八蛋杀的正是一个小姑娘,还是奸杀。大晚上他遇到人家走夜路,就尾随过去了。而他们机械厂这事……刚才我不是问了唐老鸭吗?刘猛是周一来了他们机械厂,而今天那些警察不是也说了吗?死了的那姑娘,失踪了有五天,五天前,不正是周一那天吗?"

贺清明说:"不会是猛子哥吧?他现在也有头有脸了,还会干这种破事?"

南霸天说:"谁知道呢。所以,你明天上他那儿去看看,套套话。还有,也帮我带个话过去,说商会选举的事,要他小子自己看着办。"

贺清明问:"要他怎么看着办?是威胁一下,还是直接问他要什么条件?"

南霸天说："公平、公正、公开，妈的，要他自己估量就是。"

2.白禾是个"窝里横"

这晚上贺清明没有睡好觉。不是因为睡不着，而是刚睡下就做了个梦，梦见那搅拌机里滚落出来的人头的颜面，变成了白禾。紧接着，顾文不知道怎么就回来了，站在自己身后，看着白禾的人头在抽泣。梦里的贺清明却并没有悲伤，反而在偷偷看顾文，琢磨着现在是不是要喊南霸天来逮住顾文，并将顾文交给唐老鸭，换回唐老鸭在商会的支持。

接着他就惊醒了，寻思着自己这是在梦些啥。这几年经历了不少事，变得比以前狠了一点，但也不至于狠到这种无情无义的地步。

不过，这个世界上唯一一个知晓顾文下落的人，确实是只有他贺清明。最开始那一两年，顾文打电话找他借过钱，金额都很小，几百而已，应该都是为难到没钱吃饭的地步。贺清明要多拿点给他，顾文都不允。过些日子，也都会还。所以，贺清明就觉得，这顾文吧，算是个值得长期维系关系的人。下手狠，人单纯，没有啥是非，说不定哪天就能派上用场。再说了，顾文在市体育场打死人，也和自己有着莫大干系，救的人也是自己的亲妹妹白禾。

一想到白禾，贺清明又苦笑了。这丫头现在大了，长得和她姐姐白璐一模一样。白璐是好看，但那些年缺衣少吃的，个子矮小瘦弱。白禾这些年被刘长春领养了，天天在油田机关食堂吃饭,吃得个子高挑,完全不像是一个十七八岁的少女。

一看表,也快九点了,贺清明就起了床。前两年,他拿着赚到的钱在开发区那边买了个一百多平方米的商品房,要贺彩云跟着他搬过去。贺彩云放不下她在桌球街的产业,说这世上谁也靠不住,只有自己挣到的才算挣到,不肯搬。所以,贺清明现在还住在桌球街的老房子里。之前也处过对象,是粮食局的,谈了两年,双方家长也都见面了,谈婚论嫁了。可女方那边不知道是哪个八卦的亲戚或朋友,对她家说这贺清明并不是啥做生意的好小伙,而是南霸天下面的人。那人还说了:"你们听说过小混蛋吧?"

姑娘的妈妈是个会计,孤陋寡闻,站那儿摇头,说:"没听说过。"

那人就说:"贺清明就是小混蛋,南陆市年轻一辈社会人里,最心狠手辣的一个。"

所以,那对象就和贺清明分了。贺清明倒也不恼,这些年在青龙城里待着,看多了男男女女那些恶心事。后来又跟着赖总去广东玩过几次,见了世面。所以,对这个成家的事,反而没啥概念了。贺彩云催他,他就说缘分没到。还说等手头有钱了,一抓一大把。

贺彩云寻思着,儿子说得也有道理,就没再多说什么。

这天早上,见儿子起了,贺彩云就去马路对面给贺清明买了早餐过来。贺清明吃了早餐,晃晃悠悠出门。他现在有自己的车,就南霸天换下来的那辆桑塔纳。开上车,他先去接了前一天就约好了的正义,两人一起去刘猛的宏图公司。

宏图公司在以前的市百货大楼对面。百货大楼早倒闭了，被以前在百货大楼门口摆烟摊的齐秃子承包了，开了家超市。正义的爸爸是市一中的老师，所以正义小时候看过一些书，就给哥几个科普过："有人说苏联的解体，有一部分原因，就是超市的出现。因为超市就是自由选购的代表，而苏联是计划经济，想要什么都要分配。"

当时铁牛就说了："那下次我去问问开超市的齐秃子，这苏联解体了，他得了多少好处。"

贺清明为什么单叫上正义过来？是因为正义和他，还有大圣三个都是桌球街长大的小孩，是发小，打小就一起玩。体育场那件事以后，大圣和贺清明闹掰了，跟了刘猛，就在这宏图公司里当了个所谓的副经理。虽然在街面上遇到，两人也会打个招呼，可真正还会一起吃饭喝酒的，是正义和大圣。所以，正义前一天晚上就专门给大圣打了电话，说和小混蛋贺清明上他们公司转转，还问了猛子哥在不在。

大圣回复的是："都在，明天上来就是了。"

所以接下来，他俩将车停在了刘猛的宏图公司楼下，就直接上去了。楼有五层，宏图公司在二层，整层都是。上到二楼，贺清明和正义就瞅见那宏图公司的门口，居然还站了个穿红旗袍的迎宾小姐，模样挺俊，身上还挂了字，写着："宏图地产欢迎你！"

正义就乐了，说："嘿，猛子哥的公司还挺气派。"

那迎宾小姐就迎上来，问："两位找谁？"

正义说："找大圣和猛子哥。"

迎宾小姐说："原来是找刘总和盛总，来，你们先去茶室坐一会,我去通报一下。"

迎宾小姐将两人引到了茶室,要他们候着。过了几分钟,还是这个姑娘,换了身小西装又进来了,给他俩倒水。正义就问:"你们这上班还要换装的吗?"

"小西装"就笑了,小声说:"你们的猛子哥今天早上叮嘱的,说要让公司显得大气一点,要我穿个旗袍在门口站着,显摆给你们看一下。"

贺清明也笑了,摸出一张名片递了过去,说:"得了,你要换工作的话,来我们青龙集团上班得了。在我们青龙城不用特意显摆,我们直接就有迎宾小姐这个岗位。"那年代人和人见面,都喜欢递名片,显得有身份。

"小西装"接了名片,冲贺清明笑了笑,她笑起来右边脸蛋上有个酒窝,显得人特别亲切。

"怎么了?难得来一次,来了就要撩我们的女同事吗?"门外传来刘猛的说话声。只见穿着一套黑西装、戴着一条红色领带的他,慢悠悠地走了进来。他身后跟着的,正是大圣。

贺清明和正义也连忙站了起来,贺清明说:"怎么敢挖你猛子哥的人?就是正义瞅着人家长得好看,想要人家电话号码。"

大家就都笑了,围着茶台坐下。刘猛问:"喝咖啡还是喝茶?"

正义说:"乖乖,猛子哥的公司还这么洋气。那就给我们来咖啡吧!"

刘猛笑着说:"必须有啊。"然后一招手,吩咐下面的人:"给我这两位兄弟拿两瓶咖啡过来。"

很快,那"小西装"就拿了两瓶鸟巢咖啡进来。贺清明和正义对视了一眼,没吱声。再看大圣,他坐在角落,拿着个掌上游戏机在玩俄罗斯方块,压根没把这请人喝瓶装咖啡的事当个笑话看。

刘猛就问:"小混蛋,你和正义今天过来找我,是你们天哥要你们来的吧?"

贺清明点头:"猛子哥也是个痛快人,天哥的意思,你应该也都知道。"

刘猛说:"自然是知道的,可是这商会的会长吧,每个人都有资格参与竞选,没错吧?对了,小混蛋你不是也入了商会吗?你也可以参与竞选啊。如果你参与,我弄不好还会支持你一下呢!哈哈!"刘猛可能觉得自己这玩笑话说得挺有意思,自顾自地笑了起来。

贺清明说:"我怎么够资格呢?猛子哥,这一山不容二虎,你和天哥都是虎,这么斗一把,没什么意义。天哥也跟我说了,你有什么条件,开。大家是多年兄弟,都是可以商量的。"

刘猛止住笑了:"小混蛋,你接触你猛子哥我接触得早,我是什么人,你也知道。今儿个这事吧,我们聊到这里,就可以打住了。你也给天哥带个话,这会长啊,我是志在必得。至于我的手段,嘿嘿,我这人没什么下限,全南陆市的人都知道的。"

正义插话道:"咱都是街面上的人,说这些就没啥意思了吧?"

刘猛说:"我说话,向来是这样直来直去,和你们天哥喜欢说半截留半截的风格不一样。好吧,如果你们还要聊这事,那今天就到此为止了。如果真是来看看你们猛子哥,那我们就聊聊抽烟喝酒玩女人,一会我在天心楼订个包间,领你们去喝顿大酒。"

贺清明笑了,站起来:"猛子哥,我和正义今天过来,就是帮我们天哥带话的。你的回话也给了,我们自然是要回去给天哥交个差。这吃饭吧,改天老弟来安排。"

刘猛也站了起来:"行,改天我们再约。"

贺清明和正义往外走,后面的大圣站了起来,拿起那两瓶咖啡递了过来,说:"别落下猛子哥请你们喝的咖啡。"

两人接了咖啡,下了楼。到马路边,正义就冲贺清明说:"这算是白跑了一趟吧?"

贺清明说:"也没白跑,这不是还拿了两瓶咖啡吗?"

正义笑了,两人上了车。关上车门后,贺清明咬了咬下嘴唇:"不过,刘猛提的一个建议,倒并不是没有道理呢。"

正义问:"什么建议,去喝顿大酒?"

贺清明说:"其实,这商会的会长,我也是可以参加竞选的。"

正义就愣了,他想了想,正色道:"兄弟,你还别说,我们哥几个现在打开的这局面,也不是非得要在别人手下干活呢!"

贺清明笑了:"说啥呢?我就是说说而已。"他将车窗摇下,然后将刘猛给的咖啡扔了出去,继续道:"这老小子，还真有点给脸不要脸。正义，我在寻思着，要不要来个什么谋略，直接把这老小子给弄了，让他参与不了今年商会的选举。"

"你的意思是把他手筋脚筋都给挑了？"正义一本正经地问道。

贺清明摇头："哪能这样对我们猛子哥呢？只不过吧，昨晚那机械厂里的案子，据说死者失踪的那个晚上，刘猛一个人去了趟四海机械厂。"

"你的意思是……"正义试探性地问道。

贺清明点头："我们就是试试，万一把他刘猛给试得关进去个十天半个月的话，错开了本月的选举，那这事不也算成了？"说完这话，他就发动了汽车。车开上马路时，他不经意间看到马路的另一边停了一辆货车，似乎有点眼熟。但一时半会也记不起是在哪里见过。他心里那会儿事多，自然没有去多想。实际上，当时的贺清明在琢磨着的大事，是并没有对坐在旁边的正义悉数道出的——四海机械厂的唐老鸭给出的条件之一，就是希望这案子早日告破。而只要这屎盆子能够往刘猛头上扣，那么不管最终结果如何，唐老鸭都不可能支持他刘猛了。

但贺清明并不知晓的一点是，刘猛，也从来不是什么省油的灯。这种杀年轻姑娘的活儿，他也不是第一次干了。只不过，他就是南陆油田第二起斩首者案的凶手这事，世上除了一个叫白禾的小姑娘知道以外，就没有第二个人知道。

贺清明将车开到了南霸天家，叫了他下来。南霸天现在住在江滨花园的一个独门独院的小别墅里，两人站在院里抽了一根烟,小声说了会话,大抵就是说刘猛不识抬举的破事。贺清明还给南霸天说了说想要扣这个屎盆子到刘猛头上的想法。南霸天咧嘴笑了,说"你小混蛋是越来越长进了"。他兴高采烈地允了,回了屋。

到贺清明出来,重新上车后,正义说:"你没带手机,刚才有电话进来。"

贺清明一看,是一个座机打过来了,就回了过去,问:"哪位?"

对方是个女声:"是我,刚才在宏图公司我们见过的。"

贺清明就笑了:"是迎宾小姐吗?"

女声说:"我是文员,今天穿旗袍是我们刘总想要显摆给你们看。"

贺清明问:"小文员,你找我啥事啊?"

文员说:"我又不是没名字,我叫王慧慧。"

贺清明又问:"王慧慧,你找我啥事啊?"

王慧慧说:"没啥事,就是看着你这名片上写着你是青龙集团的副总经理,我不相信。总经理不应该都是那种又老又丑的吗?你不会是自己找个打印店印出来吓唬人的吧?"

贺清明笑了:"这都被你看出来了,就是我自己印的,显得气派。"

王慧慧在话筒那边也笑了,贺清明甚至都揣测到她脸上又出现了那一个小酒窝。王慧慧说:"我听说你们青龙城有很多大人物,南霸天、小混蛋、铁牛……我们大圣哥以前也是你们那儿的。"

贺清明说:"没错啊,我外号就是南霸天。"

王慧慧说:"别瞎说了,谁都知道南霸天年纪很大,是个老头。"

贺清明说:"我偷偷用了我媳妇的洗面奶,所以保养得好。"

王慧慧说:"咦,你不会就是小混蛋吧?"

贺清明又笑,并按下了免提键,让旁边的正义可以跟着听一个热闹。他冲正义挤眉弄眼,继续道:"人家倒是都这么喊我。"

那王慧慧忙说:"乖乖,我还以为是个什么年轻有为的好小伙呢,打个电话给你想认识认识,没想到是一个知名流氓。"

贺清明说:"那你想不想要深入了解一下知名流氓呢?比如中午吃个饭。"

王慧慧说:"你这样说,显得我没饭吃似的,特意给你打个电话就为了让你请我吃顿饭。"

贺清明清了清嗓子:"那这样吧,王慧慧小姐,我叫贺清明,外号小混蛋,因为瞅着你好看,动了色心,所以想邀请你今天晚上一起吃个饭,你愿意吗?"

王慧慧骂道:"果然是个臭不要脸的。"随即又问:"去哪里吃?"

贺清明说:"上永盛饭店吧,那里的牛肉好吃,领你去尝一尝。"

王慧慧说:"还要你领?周一晚上,我和刘总去见那个小姑娘时,就是在永盛饭店。不过……你说的这牛肉我确实没吃到过。还没等上菜,刘总就要我先回了,说要和那半大小姑娘单独吃。"

"半大小姑娘?"贺清明一愣,"你说周一晚上,你和刘猛一起在永盛饭店吃饭?还有个半大小姑娘?多大?"

王慧慧说:"十七八岁吧?长得挺漂亮的。"

"叫什么名字你知道吗?"贺清明追问道。

"叫……"王慧慧在琢磨,"我只记得她姓白。"

贺清明的脑子嗡的一声响,他清晰地记得刘剑在审讯室外对自己提过一句,死者也姓白。

挂了电话,贺清明将车停路边,点燃一根烟。正义就问:"怎么了?"

贺清明说:"刚才你也听到了,她说周一,也就是昨天机械厂那死者失踪的那一天,刘猛和一个姓白的小女孩一起吃过晚饭。"贺清明如此这般说道,但他忽略了一点——正义并不知道昨晚那被碎尸的死者姓甚名谁。也因为如此,正义接下来说出的话,让贺清明更是后背发凉。

正义说:"我周一就是在永盛饭店门口看到了你妹妹白禾,乖乖,那会儿她居然是进去和刘猛一起吃饭啊?"

"我妹妹白禾?"贺清明瞪大了眼睛,"你说你周一看到了我妹妹白禾进了永盛饭店和人吃饭?"

"就是啊。昨天我不是还和你提了一嘴吗?说白禾这小丫头越长越水灵了。"正义一本正经地说道。

贺清明将方向盘一转,往油田实验中学开去。他边开边拨了刘剑的电话。

"忙着呢!有屁赶紧放。"刘剑在电话那头凶巴巴地说。

"白禾在哪个班?我要去学校找她。"贺清明问道。

"高三甲班。"刘剑倒也直接。

贺清明就要挂线，可刘剑在那边冷不丁来了一句："贺清明，你们昨晚发现的那个死者，居然和白禾是同学。"

"同学？她不是四海机械厂的吗？"贺清明就纳闷了。

刘剑说："她们不是学校的同学，而是这一次考卫校的补习班的同学。不出意外的话，这个叫白丽蓉的小姑娘，下半年本还应该是白禾在卫校的同学。"

贺清明脑子里更乱了，他犹豫了一下，要不要把刘猛在那天去过四海机械厂以及还可能和白禾一起吃过饭的事，都说给刘剑听。

贺清明咬了咬牙："好的，我知道了。我这会儿要去油田，顺道去叫白禾吃个饭。"

刘剑"哦"了一声："别又给她钱，小孩子零花钱多了不好，我爸叮嘱过。"

贺清明说："知道了。"然后挂了线。

他将车停了，唤正义过来开车，自个坐到了副驾驶位置上。他将座椅放低，然后抬起右手，挤压自己的鼻梁。正义就问："怎么了？"

贺清明说："眼睛疼，休息一下。你往油田开吧。"

正义就没再吱声。

贺清明脑子里一下多出来好几个人，在那胡乱晃动，有白禾，有刘猛，还有南霸天和刘剑，甚至还有刚跟自己通了电话的那个王慧慧。接着，那张被水泥裹着的、正对着自己的脸也开始出现，并在努力睁眼，好像是要看清楚贺清明似的。

"妈的。"贺清明暗骂道,"希望白禾和这一切都没有关系。"

他往车窗外望去,汽车已经快要开到油田了。远处,正是那一片破旧的干打垒区域。几年前发生的一切,在他脑子里如幻灯片一般过了。短短几年,物是人非。曾经一度辉煌的南陆油田,也经历了20世纪90年代的那一场国企改革浪潮。再加上油田出油也少了,一批职工被要求下岗。于是乎,很多有着骄傲灵魂的人们,走出了油田,开始与油田外的人们一样,为生活奔忙。因为绝大部分油田人,都是早期油田会战年代从各地迁徙来到这座中部城市的。所以,失去了油田铁饭碗的他们,安全感缺失后的那种迷惘尤为明显。

"他们没有根。"油田外的南陆人如此评价道。但油田人自己知道,他们有根:他们的根,扎在共和国在那一个时代的一穷二白,扎在共和国在那一个时代的迫在眉睫。

在写这个属于油田的故事的几年里,我到过这座城市,走进过这片土地。我以为这里和诸多国营企业的故事大致相同,其中走出的孩子也与一干国营企业里走出的孩子的人生没有太多差别。直到有一天,我在网络上看到一个提问——如何定义油二代和油三代?提问人的父亲是20世纪80年代大学毕业后通过招工进入了国营油田,而他的孩子自诩为油二代,并以一个油二代的身份,对于油田的没落进行评价。在这个提问下,有一个回答,是这样说的:

我父母以及我的爷爷奶奶、外公外婆都是油田人,但我从考入大学后就离开了油田,也从没有考虑过回去。但是,不管走到哪里,我都知道我是一个油田人,我是一个油三代。我的爷爷奶奶、外公外婆是20世纪50年代中期的大学毕业生,他们的青春在一度空旷的荒野中消耗殆尽,换回的是共和国拥有了自己的石油,而不用再可怜巴巴地等着那些援助。我的父母是在石油会战时期,离开了从小长大的油田,来到了和他们的父母辈所到过的地方大致相同的荒野。他们在那里挥洒血汗,消耗青春。最终,他们的荣光也在那里消失。我很多次回到油田,看到的是一栋栋老旧的楼房与老去的人们。而年轻人,也就是油三代和油四代们,大部分都离开了油田。不过,无论他们来自哪里——松嫩平原、大西北、中原,或是其他地方,也无论他们来自哪个油田,在社会上遇到,他们就会第一时间融为一体。因为,油田人是他们爷爷辈、父母辈用信仰铸成的一枚徽章,是他们内心深处最为柔软但又最为深刻的一个烙印。所以,亲爱的朋友,我支持着你对油田的情怀。但是关于油二代、油三代、油四代这些词的使用,我希望你能体谅我们……

我们在乎这个,也不希望人们说道这个……油一代是铁人王进喜那一代老油田人,油二代是石油会战时代那一代人。而他们的孩子,是我们。

我们才是油三代。你们,不是……

继续回到我们故事所发生的2002年。

一度热闹的南陆油田，也已开始进行国企改革。当时油田早已减产，但底子厚，所以被下岗的人并不算多。不过，单位发油、发米、发电器的时代，早已经成了老油田人嘴里念叨着的过往。油田人依旧过着看似与当年没有区别的生活，但冥冥之中有一股力量正在将这种生活的某个部分慢慢抽离，只是人们尚未意识到而已。

汽车很快就开到了油田实验中学。两人在学校对面的面摊上要了两碗烩面，边吃边等中午的放学铃声。面吃了一半时，那铃声如约而至。贺清明站起来，探头看那扇大门。不一会儿，就瞅见了白禾在那群半大孩子中走了出来。贺清明喊她，她愣了一下，然后皱了皱眉，朝贺清明走了过来。

此时的白禾，已经快满十八岁了。她有差不多一米七的个子，皮肤白皙，五官精致。中原人面食吃得多，所以身材都比较丰满，白禾也不例外。一件白色的高领毛衣里面，鼓鼓囊囊的身材已经有点收不住了。

贺清明就问白禾："吃面，还是领你上馆子吃顿好的？"

白禾说："不了，我还要去食堂打饭，给我爸送去。"

贺清明说："他刘局长有手有脚，为啥要你送饭？"

白禾说："他是我爸，给爸送饭，难道不是应该的吗？"

贺清明对谁都不示弱，唯独在这个妹妹面前是个㞞货，便说："好吧。我过来是要问你个事。"

白禾扭头看另一边："赶紧说。"

贺清明问："你参加的那个补习班里是不是有个和你一样姓白的姑娘？你和她熟不熟？"

白禾的身体非常明显地颤了一下。她还是不看贺清明，继续道："有，不熟。"说完就要走。

贺清明拉她手："我还没问完，你着急什么呢？"

白禾甩开贺清明的手："我不是跟你说了吗？我还要给我爸送饭。"

贺清明又问："周一晚上，你是不是去了永盛饭店吃饭？"

白禾转头过来："你怎么知道的？"

贺清明说："你就说是不是吧？"

这时，白禾看见了坐在旁边面摊小桌子上的正义。他正低着头呼哧呼哧地吃面，那一头油腻的长发挡着他半张脸。白禾说："正义哥，是你跟我哥说的吧？"

正义抬头，堆着笑："我怎么会是那种人呢？"

白禾说："我看你就是那种人。"然后又望向她哥贺清明，继续道："没错，我是在永盛饭店吃饭了。不过，那天是我哥哥的同事们请客，要给我哥哥送行。我哥哥调到市局刑警队去了。以后，我哥哥就是正儿八经的刑事警察了。"白禾面带骄傲地说道。

听闻那天她是跟着刘剑去的，贺清明心里的这一块石头才算放了下来。他耸了耸肩："好吧，既然是跟刘剑一起，那就没事了。你走吧，赶紧去给你爸送饭去。"

白禾"嗯"了一声，扭头就走。走出几步，折返回来，对贺清明小声嘀咕道："哥，我……我想要点零花钱。"

贺清明笑了："刚才不是开口闭口说刘剑是你哥吗？怎么不去跟他说啊？"

白禾理直气壮:"他一个月工资才那么一点点,自己花都不够。"

贺清明从手包里拿出几张百元钞票递给白禾:"我这个哥的钱就不用你帮忙心疼。"

白禾接过钱,冲贺清明笑了笑,也没说话,扭头就走了。

"这死丫头。"贺清明自顾自嘀咕道。

"嘿!混蛋哥!嘿嘿!还有正义哥,你们怎么在这里啊?"一个声音在两人身旁响起。贺清明和正义一扭头,见是一个压根就不认识的半大孩子。孩子穿着一件军绿色的卫衣,头上还染了一缕黄毛。见贺清明和正义歪头看自己,这孩子连忙自我介绍:"是我啊,小艾,城南水果铁匠是我表姐夫。"

贺清明和正义微微点头,他们认识那叫作水果铁匠的社会人,但对面前这孩子没啥印象。

叫作小艾的孩子急急忙忙坐下,还从口袋里掏出皱巴巴的两根烟,递了过来:"两位哥,我们小孩子的烟不好,买的是散烟,别嫌弃哈。"那时候的烟摊是有散烟卖的,就是将一包烟拆开,一根一根来卖。买这种烟的,一般就是刚入社会的小混混或者是学校里不学好的半大小孩。

贺清明接了烟,叼上。正义抬手,给他一并点上了。小艾连忙问:"两位大哥,来我们这儿有什么事吗?需要我跑腿吗?我……我这个人讲义气,肝脑涂地……嗯,为朋友会赴汤蹈火的那种。"

这孩子有点语无伦次了,贺清明和正义相视而笑。

实际上，在那个年代里的这种小城市的半大孩子，活得都特别着急。父母辈普遍都无法改变生活中的窘迫，给孩子们规划出来的未来又那么空洞与单一，无非是要求考上大学，参加工作。至于要孩子考上什么大学，又参加什么工作，都完全没有规划。于是，像小艾这种半大男孩，看了几部香港的电影后，就都对社会上这些所谓的大人物，心中满是向往。类似于小混蛋贺清明、正义一般的年轻人，给小艾这样的孩子勾画出了另一种人生轨迹。这种轨迹，与他们父母辈和老师们费力让他们相信的道路，是截然不同的。虽然这种人生轨迹一样是模糊的。但希望这东西，只要存在，就能让人蠢蠢欲动。

这小艾看起来也还挺会来事，他扭头对面摊老板说："这两碗面算我的。"

那面摊老板就笑了："你自己都欠我三碗面的钱了，还要加吗？"

小艾又说："你记好就是了，我过两天一起给你结账。"

贺清明就笑了，说："不用了。"又说："一会把这孩子欠的那三碗面的钱一起结掉吧！下次我们去你表姐夫的水果摊上拿他几个苹果就是了。"

小艾也笑了："谢谢混蛋哥！哥，你们跑来我们油田，应该是有重要事情吧？有啥需要我跑腿的吗？"

贺清明心念一动："你是哪个班的？"

"高三甲班。"小艾回答道。

贺清明又问："那你和白禾是同学喽？"

"是啊！"小艾瞪眼了，"哥，你不会是看上她了吧？

她长得确实漂亮,可我们都怕她。要知道她爸就是我们油田分局的局长,她哥是干刑侦的,抓坏人很厉害。"

贺清明:"你见过她哥?"

小艾点头:"见过,一脸胡子,手上脚上都是毛,糙得不行,不穿警服跟个大猩猩似的,没有混蛋哥你们这么讲究。"

贺清明又问:"那你给我说说,白禾这丫头怎么样?"

"惹不起。"小艾想了想,"她小时候家里出过事,你应该也听说过吧?所以啊,她性格比较古怪。去年……嗯,就是去年,我们高二上学期的时候,有个老师因为没收了她上课看的一本言情小说,当天下午教导处就找这个老师谈了话。后来公安局里还来了人,据说是白禾对人说那老师对她动手动脚,不安好心。最后这事倒也不了了之,因为一查起来也没个证据。但是那老师名声就臭了,还被他老婆扇了一巴掌,第二天脸上带个巴掌印来的学校。我们班上的同学倒是都明白,这啊,就是很典型的白禾做事的风格:绝对不能受委屈,只要受了任何委屈,就一定要报复回来;而且用的方法,都特别奇葩。你们说,换作是别的姑娘,会拿这种被人占便宜的事来恶心人吗?"

"她有这样霸道吗?"贺清明听着也觉得挺意外的,在他看来,自己这妹妹虽然成绩一般,但也还算乖巧听话。

"反正我们学校里没人敢招惹她,出了我们学校,别人不知道她的底细,就不会这样了。我听说啊,前些天,她在补习班就被人给欺负了,最后也是不了了之。这说明啊,她也是只能在我们油田里面厉害,是个窝里横。"小艾一本正经地继续道。

这话在贺清明听来,就又紧张了。他连忙问:"她在补习班被人欺负了?是考卫校的补习班吗?被什么人欺负了?"

小艾点头:"就是那个补习班啊。欺负她的人是机械厂的一个姑娘,好像也是姓白。"

贺清明说:"你把你知道的给我仔细说说。"

小艾说:"哥,我就只知道这些。要不我下午在学校里打听一下,问问跟着她们一起上那补习班的同学。"

贺清明掏出张名片,递给小艾:"你问清楚一点,然后打电话给我。"

小艾如获至宝,连忙把这张名片放到口袋里,喜笑颜开。"哥,你放心,我一定问得清清楚楚。"小艾说,"白禾这种窝里横的女生在外面吃了亏的事,我们学校里早就传开了,大家听着都觉得很舒坦。"

贺清明耸了耸肩:"嗯,小艾,我得给你提个醒。白禾吧,应该不算是一个窝里横,搁到整个南陆市,她也算是有资格横。你们觉得她是仗着她爸爸和哥哥在油田分局工作,对吧?那么,我现在告诉你,她还有个哥哥,是混社会的。这个哥哥,对她这个妹妹也是挺纵容的,真的出个啥事,也都不会看重对错,只会无脑地维护她。"

小艾连忙点头:"嗯,我也隐隐约约听说过,好像是有这么个人。混蛋哥、正义哥,你们不会认识这个人吧?"

正义笑了,将他一头油腻的长发捋了捋,然后对小艾说:"白禾的那个社会人哥哥,就叫贺清明;外号呢,小混蛋。"

小艾瞪大了眼睛:"乖乖!白禾是你妹妹?"

贺清明："是！同父异母的亲妹妹。"

3.白姓女孩

出了油田后，贺清明的心情有点沉重，总觉得有什么不对劲。

那一年体育场枪击事件里，大剑、小剑趁着南霸天不在南陆市，领着一帮兄弟来城南抢地盘，被贺清明领人打死一个，打残废一个。经此一役，小混蛋名声大噪。社会上说这贺清明手下都是一群能够下狠手要人命的亡命之徒。在那之后，贺清明混社会的"事业"走得特别顺，赖总也很看好他。青龙城集团进军房地产行业后，贺清明被安排进去挂了个副总经理的职务。虽然干的都是些周边的诸如维护拆迁秩序之类的活儿，但始终是属于核心层的人。

所以，这几年里，他也算是在南陆市里混得风生水起了，不缺钱，不缺人，挺有面子的一个人。而他的这个妹妹白禾，也不像做小孩子时候那样对他完全不搭理了。有个啥事，也会给他这个哥哥打个电话，尽管语气还是那么干巴巴的。

让贺清明和刘剑头疼的一点是，白禾的性格始终有点奇怪，总是给人感觉特别跋扈。他俩有一次一起喝酒时，特意讨论过这个事情。两人还换位思考，觉得白禾这丫头小时候经历的事情太过悲惨，到现在因为有了个干公安的哥和一个混社会的哥，所以她以为可以天不怕地不怕了，才会较别人更为强势。这么一聊开，又觉得这算是好事。两人还挺骄傲的，特意碰了个杯，为彼此能给予妹妹这种满满的安全感。不过呢，那天一起喝酒时还有外人在，其中就有那油田人民医院精神科的医生胡小文。这胡小文和刘剑认识后，一直都有来往，算是好朋友。那天胡小文正好在场，他就说了，像白禾这种经历，其实有着很大的隐患。接着他就开始说心理学里面的那一套，把贺清明和刘剑又给说迷糊了，要他说人话。

胡小文推了下眼镜，说："我举个例子吧！你一个人，打小就住在有野兽的森林里，从不敢摸黑出门。突然有一天，别人告诉你这个森林里的野兽都已经消失了，你不用再担惊受怕，可以满山乱跑。那么，你会怎么做呢？"

刘剑当时就回答了："那我就会马上满山跑一次啊。"

胡小文点头，又接着摇头："没错，你会开始肆无忌惮。但你不要忘了，打小就在你脑子里印下的森林中有野兽的这个印记，始终都在，是烙在你骨子深处的，是刻画在你的潜意识里的。所以……"胡小文顿了顿，"无论外部世界多么安全，在这个人的内心世界里，对于森林中野兽的惶恐始终都在。一旦有这个人认为的可能的危险出现，那么，他身上的尖刺，就会再次竖立，扎向他觉得可能伤害到他的任何人。"

而胡小文的这一番话，也就是贺清明今天听了小艾说的话后，回来的路上一直在琢磨着这事的原因。小艾说的这一切，是不是就反映出在白禾的心中，其实还是缺乏安全感呢？所以，她才会习惯性地竖立起硬刺，对每一个有悖于自己意志的人，产生过激的强烈反应呢？

想着想着，车就开回到了青龙城。前年，南霸天和赖总把青龙城楼上那几层也都租了下来，弄成公司的办公区。贺清明有个独立的办公室，还特别大，比赖总和南霸天的都要大。这是因为贺清明身边长期都是好几个人，是一个团队。所以他的办公室，实际上是他们整个团队那五六个人的集体办公室。这会儿，他和正义回到办公室，门一打开，就发现里面就跟个庙一样，烟雾缭绕。铁牛、王百顺、孔六都在，还有一群打扑克的，是南霸天另外一块业务——财务公司的人。财务公司那边管事的人叫许兵，是个大胖子，外号叫许猪，猪头的猪，不是《三国演义》里诸葛亮的那个诸。这许猪的财务公司经营的业务，是帮人收账。

那些年，人们刚开始学会做生意。这做生意啊，没有门槛，只要你敢出去吹牛，就有人敢给你垫钱发货。再加上当时司法程序上还有一些漏洞，落实到执行上更是难上加难，进而导致那些年社会上做老赖的人，还挺多的。这世界本就是双面的，你从这一面看过去是一个世界，从另一面看过来，是另一个世界。站在许猪的财务公司的立场上来看的话，他们做的还是一项维护正义的事业，是在帮诚实守信的生意人出头——打击老赖。

此刻，这许猪也在，不过他没和人打牌，而是坐在贺清明的那个大班台里抱着一本书看。正义进来瞅见了，就冲许猪乐："许总，在看书啊？"

许猪抬起他那颗巨大的头颅，说："嗯，看看《三国演义》，学学谋略。"

正义又说："是拼音版的吗？"

许猪骂道:"你才看拼音版的。"说完把书朝着正义扔过来。正义抬手接住,一看,更加乐了,说:"嘿,许总,今天这是连拼音都不看了,直接看连环画了。"

许猪也笑:"天哥要我多看书,我有什么办法呢?赖总不是也说了吗?不管什么书,只要是书,看了也始终都是好的。还说,阅读习惯很重要。"

孔六插嘴了:"那也得看是什么书吧?像王百顺一样成天看《龙虎豹》,也是不妥的。"

众人哈哈大笑。接下来,贺清明就要那边打扑克的人都放下扑克,一群人围在一起说了会儿话,算是开会,把最近大家手里干的拆迁啊,收账啊遇到的问题和困难互相通了个气。

到开完会,许猪又拖着贺清明陪自己去拔火罐。人家拔火罐,一般是十六个罐或者十八个罐。许猪得用二十四个罐,是太胖导致后背的面积比别人大的缘故。

二十四个罐都齐整了后,要等个十分钟。这时间,许猪就要拔火罐的大姐先出去,说有事要和贺清明说。贺清明这人有个毛病,背上有罐,就不能开口说话。据说好多人都有这毛病,是因为整个人被吸住了,开口说话感觉费劲,只能哼哼着应几下。

许猪就说:"小混蛋啊,你说你我在公司也算是实干派,整天风里来雨里去,赚到的钱也最少,还要尽量让手底下的兄弟们都滋润,挺难啊。"

贺清明就用鼻孔说话:"嗯,嗯。"

许猪知道贺清明这毛病,继续道:"我听孔六他们说了天哥竞选这商会会长的事。兄弟啊，我这些年做这个财务公司的买卖，把大半个商会的人都见了。要不就是要我帮忙收账，要不就是被我上门要账，所以，这些人都或多或少会给我个薄面。"

贺清明心里清楚这货想要说什么了。他和许猪要好。两个人喝高了，没事就要跪地上磕头，结拜仪式都搞了有五六次，约好了要同年同月同日死。还有一次许猪醉了，还抱着贺清明说："如果我是个女人，我就一定要嫁给你。"惹得大伙都哈哈大笑，说："就你这模样，混蛋哥也看不上你。"

两人的这关系，有些掏心窝的小心思互通有无，也是在情理之中。

所以，贺清明又继续"嗯"了一声。

许猪听贺清明这样哼哼，就问："宁做鸡头，不做凤尾。小混蛋，你明白我的意思了没？"

贺清明这会儿其实也不是不能开口，就是身上有罐绷得紧而已。他正要说几句，一寻思，这会儿不表态也正好。于是，他继续"嗯嗯"了两声。

许猪就乐了："得，反正你明白就可以了。天哥待你我不薄，但他终究五十出头了，魄力上输了咱一大截。我还听赖总说，天哥压根就不想当这个会长，认为自己日子过得够舒坦了，随遇而安了。"

贺清明这次不"嗯嗯"了，他咳了一下，示意今儿个这话，说到这儿也就得收了。

许猪会意："得，不说这事了，你知道就可以了。假若……我是说假若，你贺清明想要在商会里往上跨一步，那兄弟我给你全力安排。"

贺清明再次"嗯嗯"。

拔完火罐出来，许猪给贺清明拿了两瓶据说是收账时人家拿来抵账的酒。酒瓶就那么一丁点大，里面漂着一只四脚蛇。许猪说："这酒好，有十年以上，灌进去的是茅台，喝了壮阳的。"

贺清明说："我倒是不需要壮阳。"

许猪意味深长地说："反正你想要壮一下的话，我就支持你。"说完还看了贺清明一眼。贺清明觉得这家伙看自己的眼神非常的暧昧，越看越像个变态了，骂了他一句，拿了酒回自己车上。一看表，时间似乎也差不多了，便往永盛饭店开去。永盛饭店位于药材公司对面，现在的人很少听说过药材公司这个名号了，它的全称是中国药材公司，解放初就成立了，是正儿八经的国营企业，管中药的产供销，是那时候的大公司。现在没有了，倒不是这公司被取消了，而是改了名，叫中药公司。在那个年代，药材公司算很富的企业，尤其是在药材公司跑供销的，手里闲钱都多。而这永盛饭店与其说是凭借口碑火起来的，不如说是药材公司的人给它吃得火起来的。

贺清明到永盛饭店门口时，王慧慧已经站那门口的梧桐树下了。贺清明故意把车停在了马路对面，点了根烟，扭头看这姑娘。他的车贴了膜，所以王慧慧是看不到贺清明了。

贺清明就寻思了，这王慧慧要个子有个子，要模样有模样，说起话来也快，而且清晰，说明脑子挺灵光。那么，这么一个姑娘被搁在他刘猛的公司里，怎么没被刘猛下面那些社会人给祸害掉呢？

抽完这根烟，他就下了车。王慧慧看到他，冲他笑。她还是穿着那套上班穿的小西装，衬衣或许有点不合身，显得胸前鼓鼓囊囊的。发型倒是变了，披在肩膀上。贺清明才注意到，她的发尾是黄色的，许是之前染过色。

贺清明冲她点头，客套了两句，就领她往店里走。门口的服务员问他："几位？"

贺清明说："两位。"

服务员说："那就坐门口的小台子吧？"

贺清明说："楼上的包间还有没？"

服务员说："包间是有低消的，你们才两个人，吃不够我们的最低消费。"

贺清明倒是不和她计较，说："你跟你们老板娘丽娟说一声，说是青龙城的小混蛋来了。"

服务员一愣："不认识。我先带你们上去坐个包间，一会儿我们丽娟姐说真不认识的话，我们可是会去把你们撵出来的。"

旁边的王慧慧就不乐意了："你会不会说话呢？我们来吃个饭，你毛病这么多？是怕我们吃不起吗？不就一个低消嘛，多少钱？"

服务员说："四百八十八。"

王慧慧"嗯"了一下，不说话了。到进了包间，那服务员出去后，王慧慧就凑头过来，说："这……小混蛋，嗯，我还是叫你清明吧。"

贺清明说："都行。"

"这饭我们还是不吃了吧？你看看，我俩也算是第一次见面，你领我一顿饭吃了这么多钱，我……我又没啥可以帮到你的。"王慧慧说这话时挺认真的。

贺清明心念一动，他也见过不少女人，跟着男人出门就趾高气扬，仿佛男人的豪横排场，就成了她们的排场。在人前大呼小叫的，像是个狐假虎威的笑话。而面前这姑娘倒是还好，知道帮人心疼钱。接着，贺清明又一眼瞟到了王慧慧那并不合身的小西装包裹着的鼓鼓囊囊的胸部，越发对她有了心意，便开始套话，想要了解这姑娘的情况。

贺清明问："聊点别的吧。嗯，你是怎么进的猛子哥的公司的啊？"

王慧慧说："我哥给打了个招呼，就来他这儿上班了。"

"你哥和刘猛认识？"贺清明又问。

王慧慧说："我哥有个外号，叫铁匠，他自己说很多人都知道他。刘猛也是为了我哥的这个名气，才收我来他公司上班。"

贺清明就笑了，说："这铁匠的弟弟妹妹还挺多的，我中午刚见了一个，据说也是铁匠的弟弟。到晚上居然又结识了你这个铁匠的妹妹。下次我去他的水果摊上，可是得多吃掉他一两个苹果，算是帮他照顾弟弟妹妹的回报。"

王慧慧就笑了，说："你说的铁匠，和我说的我哥，不是一个人。我也听人说过，我们这南陆市有两个铁匠，市人民医院门口摆水果摊的那位，外号也叫铁匠。我哥才不是他，我哥是大铁匠，卖水果的是水果铁匠。"

贺清明愣了一下："你是铁匠王振兴的妹妹？"要知道，这南陆市的社会人啊，分成了四个板块。市区是南霸天的地盘，也就是大家伙平日里说的城南。城北是以前说的城乡接合部，现在也划到市里面了。几年前和小混蛋干仗的大剑和小剑，就是城北人。然后就是西边的油田和外围的农村。油田里反正没出过真正狠的角色，有个叫付海军的，勉强算有点名声。农村那边，说得上话的，就是这个铁匠王振兴了。不过王振兴和他的那些弟兄，很少来市里。他们守着外围那几个每年要赶上三四十次的集市，在周围县镇里的小日子过得也挺滋润。前年小混蛋和这王振兴吃过一次饭，王振兴不喝酒，话也不多，皮肤黝黑，个子高大，是铁牛郭连环那款的壮汉。之前贺清明听胡小文说过，这世上有一种叫超雄综合征的人，模样一看就很凶悍、很冲动。贺清明觉得吧，铁匠王振兴也是这号人，难怪和铁牛郭连环一样，外号也有个铁字。再一琢磨，那卖水果的水果铁匠，也是这么个长相，就是白了一点，没了杀气。

王慧慧就点头了："是啊，我就是王振兴的妹妹。所以，我是农村人。王振兴也不是只有一个妹妹，他还有两个姐姐。我在家最小。为这事，我们家没少被罚款。"

贺清明："怎么大名鼎鼎的铁匠的亲妹妹，还要出来给人当文员啊？铁匠养不活你们吗？"

王慧慧说："他连自己都养不活，拿什么养我们啊？贺清明，我们乡下不比你们城里，到处都是赚钱的机会。我们乡下人，也不像你们城里人，每天就想着搞钱。所以……所以……唉，我们还是走吧，我真不知道这包厢的消费这么贵，这一顿下来，吃掉你四五百块钱，这人情，我可是还不起的。"

贺清明心里琢磨的事，倒已经不是这顿饭的事了。相反，他居然有了一点欣喜，并明白了为什么这么个姑娘在刘猛的公司待着，没有被人祸害掉。贺清明继续套王慧慧的话："没所谓的，大不了下次你让你男朋友也回请我一顿就是了。"

王慧慧说："我还没男朋友呢。"

贺清明说："挺巧，我也没女朋友。"

王慧慧笑了，她右边脸上那一个小酒窝就显现出来："城南小混蛋居然没有女朋友，谁信呢？说说，你处过多少个姑娘？"

贺清明倒也坦白："正儿八经谈婚论嫁的，就一个。后来她家听说我没工作，就黄了。"

王慧慧说："正经人家是瞧不上我们这些没工作的。我之前也谈过一个朋友，是在镇政府里面上班的，后来他们家也是不同意，说不合适。我当时就很生气，说我们家都不要你们彩礼，怎么你们还这样子呢？后来，我哥知道了，他就去了人家家里一趟。再后来……我哥那人的脾气，唉，反正后来就没有后来了。"

贺清明笑："你哥是不是把人家父母给打了？"

王慧慧也笑了："岂止打了人家父母，连带着人家看热闹的邻居都被他踹了一脚。"

说到这儿，包厢门就开了，进来的是永盛饭店的老板娘丽娟姐。丽娟姐在20世纪80年代开始就是南陆市里的名人。

当时市里办过一次选美大赛，刚高中毕业的她，稀里糊涂参赛，又稀里糊涂得了个冠军，成了市花。好多单位就都想招她进去，她选了之后发展得最差劲的一个单位——市百货大楼，当了个"柜姐"。

倒是也不能怪她选得有问题。在那个年代里，"柜姐"代表着时尚达人，最好的服装、最新款的电器，都是在百货大楼先上。站在百货大楼里卖衣服，还可以一天穿一套新的，算是那个年代的模特。

然后就是改革开放，国家放开了政策。一下子，满大街都是小服装店和小商店了。丽娟当时嫁的人又是个官二代，喜欢喝酒。有一次喝了酒去上厕所，掉粪坑里淹死了。弄尸体上来时，都请不到人，嫌脏。丽娟赶到现场时，按理得要扑上去抱着男人尸体哭号几声的。也是因为脏，冲出去几步，半路上停了，坐在地上哭的。接着，就是她公公婆婆都被抓了，因为贪污。丽娟带着个娃，可是过了几年苦日子。后来，就不知道她怎么开了这个永盛饭店，当了老板娘，日子才好起来。

今时不同往日，曾经的红颜，终会褪色。丽娟倒没褪色，还是很白，五官也很好，皮肤不松弛，没皱纹。只不过，她皮肤不松弛且没皱纹的原因，是她胖，差不多两百斤，皮都被她给撑开了。

丽娟姐进来，就骂贺清明："弟弟来姐姐这，怎么不打个电话呢？姐早点给你安排好包间。"

贺清明说："就两个人，过来吃个便饭，就没给姐打电话。"

王慧慧连忙插嘴:"就两人用这包间,不用低消吧?"

丽娟姐是生意人,表面上和满世界的人都亲,实际上,和钱最亲。涉及自己买卖上的事情,自然是打马虎眼的。她笑眯眯地看了一眼王慧慧,许是被她身上那套一看就知道是廉价货的小西装给震撼了一下,说:"弟弟,这是你新交的女朋友吗?真俊啊,还挺朴素。"

王慧慧没听出这是损人的话,坐那儿客套地笑。

贺清明说:"她刚下班,穿的是公司的工衣。"

丽娟姐就问:"谁的公司这么寒碜啊?"

贺清明笑了:"宏图公司知道不?"

丽娟也笑了:"那妹妹的这套工衣难怪这么寒碜,原来是刘猛那小气鬼的公司给发的。你还别说,前几天他领着一个小姑娘来我这儿吃饭,也是占了个包间,不愿意点足低消,说和我熟。我和他哪里熟啊?和我真正熟的人,就不会尽想着占我便宜。"丽娟八面玲珑,笑盈盈地继续道:"弟弟你说是不是?"

贺清明本就没想要她给自己打折,便坐那儿点头,顺着丽娟姐的话,开始问出自己想要知道的事:"姐,你说的那天,刘猛是领着个什么模样的小姑娘过来的啊?多大?漂亮不?"

"我也没仔细看,反正就是个半大小女孩,个子倒挺高了。"丽娟说,"弟弟你也认识那小女孩?"

贺清明说:"我就是好奇而已。"

王慧慧说:"我那天也瞟了一眼,没啥印象,反正就是挺好看的。"

丽娟说:"好看有用吗?你姐我年轻时候那么好看,到最后，还不是长成了这个鬼样子。女孩子啊，长得太好看没用，刘猛那天领着的那个小女孩也是如此。我听说啊，她就是因为长得好看，几年前就被人给'开了苞'。'开苞'她的人，还因此丢了性命。"

贺清明就继续追问："这又是一个什么渊源？给说说。"

丽娟说："四海机械厂知道吗？"

贺清明心中的一块石头放了下来，且还有点欣喜，点了点头。因为碎尸案里死去的姑娘正是四海机械厂的，或许那天和刘猛吃饭的，还真是四海机械厂的那个受害者。

丽娟继续道："四海机械厂唐明海的那个宝贝儿子，当年就是因为给这姑娘'开了苞'，所以才在体育场被人给一枪打死的。"

王慧慧瞪大了眼睛："就是市体育场枪击案里的那个被绑着过去的那个小女孩？"

丽娟说："就是她。"

贺清明的脑袋里嗡的一声炸开了。就在这时，他的电话也响了，他努力让自己的脸色不变，假装需要出去接电话，拿着手机往外走。实际上，在站起来后，他的脸色就变得非常不好看了。

他走出了门，接了电话。电话那头是一个稚嫩的男孩声音："哥，是你吗？哥！"

贺清明这会火大："你谁？有事说事！"

"我是小艾啊，油田的小艾，今天中午你认的那个弟弟。"对方很认真地说。

"我什么时候认了你当弟弟了？"贺清明没好气地说。

小艾说:"哎,反正你是我哥,你要我打听的事,我给了解得仔仔细细了。"

"说吧!"

小艾在话筒那头继续道:"和白禾在补习班闹了矛盾的人,是四海机械厂子弟学校的,叫白丽蓉。而且啊,她们不只吵了架,还动了手。白禾扇了人家一个耳光,人家踹了白禾两脚。哥,起因我都给问到了,是因为这白丽蓉有个表哥嫖娼,被我们油田派出所的人给逮了,逮他的人,是白禾的哥哥,就是我们油田的神探刘剑。这事不知道怎么就被四海机械厂的那小姑娘知道了,跑到补习班里骂白禾。据说开始白禾都没吱声,直到那小姑娘骂刘剑是个王八蛋。白禾就站起来了,直接一个大嘴巴子抽到这白丽蓉脸上。白丽蓉也不是好惹的,踹了白禾两脚,最后就被拉开了。不过,白丽蓉放了狠话,说这事没完。"

贺清明问:"白禾当时有没有也放下什么狠话?"

小艾说:"你自己的妹妹,难道你还会不知道吗?她会放狠话吗?她可是直接下狠手的人。"

贺清明说:"还有没?"

小艾说:"没了。"

贺清明说:"没了就挂了吧。"

他靠着走廊上的墙壁,深吸了一口气。白丽蓉和自己的妹妹起过冲突,然后几天后,白丽蓉就死了。白丽蓉死的那天晚上,有过奸杀未成年女孩前科的刘猛到过案发地四海机械厂。而且,他去四海机械厂之前,和自己的妹妹,也就是和白丽蓉发生过冲突的白禾,在永盛饭店的包间里吃过饭。

至于他俩为什么会在一起吃饭,是谁约了谁来的,又聊了什么,无人知晓。

让贺清明最为恼火的,是就在今天中午,白禾还对自己说了谎,宣称自己去永盛饭店是参加刘剑单位的聚餐。

他咬了咬牙。

他是贺清明,小混蛋贺清明。一个从桌球街走出来的单亲家庭的孩子,没有背景,没有钱,到今时今日,靠的都是自己的打拼。他在很多个分岔路口彷徨过,犹豫过,但最终都是杀伐决断,快速做出决定。那么,此时此刻的他,在他生命中最大的软肋——白禾,与当下自己经手着的事有了牵扯后,到底应该如何做呢?

他拿出一根烟,又拿出打火机。可他并没有把烟点上就转身了。他进了包间,不动声色。包间里的丽娟姐正坐在王慧慧身边,给王慧慧介绍那一大本菜谱上的佳肴。王慧慧看上去是非常拘谨的模样,应该是被价格劝退,不敢帮贺清明做主。

贺清明上前,拍了拍丽娟姐的肩膀:"姐,你给点吧,我领她来,主要是吃你家的牛肉,多来几个式样的。不用怕我们吃不完,该点多少就是多少。你是做生意的,我们占了你的包间,总不能妨碍你赚钱吧。"

丽娟说:"成,那姐给你安排。反正吃不完,你都可以打包回去。"

"不用打包。"贺清明说。

王慧慧连忙说:"要打包的,要打包的。那,就辛苦老板娘了。"

丽娟笑着说:"叫姐,丽娟姐。"

王慧慧说:"好嘞,辛苦丽娟姐了。"

丽娟笑盈盈地出去了。

贺清明这才把手里那根烟点上。王慧慧凑头过来,小声道:"这西装不是公司给发的,刘总他们才没有这么豪爽给发工衣呢!这是我自己买的。"

贺清明说:"是不是买小了点?"

王慧慧说:"只有这个码数了,所以才有清仓价。人家说西装就要穿得小一点,显身材。"

贺清明点头。他脑子里有点乱,需要静静。可眼前这姑娘的朴实简单,又让他觉得一切似乎也不会有多么糟糕。

他望向王慧慧,见王慧慧也正望向自己。王慧慧被贺清明这样看着,脸就红了,扭头往一边,避开贺清明的眼光。她脸上挂着笑,那个侧脸上的酒窝就显现了出来。

贺清明觉得很好看。

贺清明笑了,他猛地意识到,得努力让自己放松下来,因为他并不喜欢这种被儿女情长的事儿牵绊住正常的思维方式,左右了当下生活的感觉。可是,白禾和自己的这种关联,又是来自血脉的,不比其他人和事是可以由着自己一咬牙给割舍掉的。

所以,贺清明与王慧慧第一次吃晚饭,吃得并不是特别愉快。王慧慧并没有察觉出什么,她是那种大大咧咧的姑娘,可能这也是因为她在家里是老幺。吃完饭,贺清明开车送她回去。

王慧慧没住她农村的家,而是为了上班方便,在公司附近的竹胶板厂家属院租了个房子住着。贺清明知道那里，径直将车开到了竹胶板厂门口。王慧慧提着打包的吃食下了车。她冲贺清明挥手，说了谢谢，便往里走。

贺清明心念一动，探头出去，喊："慧慧，你今晚上能不能陪我一下？"

王慧慧转身，脸就红了，还将手里提的那一袋子吃食往地上扔，说："你怎么这么不要脸！"

贺清明这才意识到自己说错话了，连忙改口："我是想要你陪我去一趟油田，我妹妹在那儿，我找她有点事。可这臭丫头不听我话，我就想要不要安排你和她说说话，看能不能打听出一点什么？"

王慧慧才放了心，说："我也不认识你妹妹，你妹妹会把她的事随随便便说给我听？"王慧慧边说边弯腰去捡地上的吃食，她本就没用力扔，算是留了余地。

贺清明说："你们见过，而且，你还是作为刘猛身边的人和她见过。"

王慧慧就很迷糊："我和她见过，她还知道我是刘猛公司的？"

"是的。"贺清明顿了顿，"我妹就是周一刘猛约了到永盛饭店的包房里吃饭的那个小姑娘。"

王慧慧瞪大了眼睛："是她！"

4.为你兜底的人

在去油田的路上，贺清明一直在暗地里琢磨这事要如何深挖。他反复告诫自己，越是这种牵绊多的事，越是要将情感与现实理清楚。但人非圣贤，诸多圣人、神人都无法办到的事情，他贺清明自然更无法参透。

所以，他在车里就始终皱着眉，没有和王慧慧说话。如果是搁别的女孩，被人安排了这么一个没头没尾的任务后，自然会问个究竟。但王慧慧并没有开口，她就那样安静地坐着。

快进油田了，贺清明将车停到路边，拨了白禾家里的电话。其实他有给白禾买手机，但刘剑不让用，说要等她去了卫校才可以用自己的手机。刘剑对白禾，管得还算比较严。所以，这也是贺清明并没有给刘剑打电话说这事的原因。他对这个妹妹的看护理念和刘剑不一样，他觉得需要给白禾足够的私人空间。

当然，这也是因为他管不着。就算是他想要说说白禾，白禾也会对他直接翻白眼的。贺清明可不想把这来之不易的兄妹关系又给弄成以前那样。

电话响了几声，接电话的果然是白禾。贺清明说："你过几分钟出来一下，我开车到你家外面，有东西拿给你。"

白禾说："什么东西？大白天不给我，非得要晚上给我。"

贺清明说："你一会出来就是了。"

白禾应了。

王慧慧说："你不是说有事要我帮忙问吗？原来是要给你妹妹送东西啊。"

"也不用你说话，一会你和她照个面，应该就可以了。"贺清明冲王慧慧笑，说，"慧慧，算我还欠你一顿饭，成不？"

王慧慧笑笑，说："你都请了我一顿了，怎么又欠我一顿？你这是变着法子约人下次见面吗？"

贺清明接下来说出的话，让王慧慧挺倒胃口的。他说："一会儿，你把我们打包的这一袋子菜拿给我妹妹，就说是我专门给她打包回来的。"

王慧慧心里就冒火了，但她没吱声。她想：好你个小混蛋贺清明，满嘴跑火车说大话，结果最后还是显现出了抠门的本性，原来，是怕我把这一袋子牛肉提回了家。

她就阴着脸，没说话了。贺清明也没留意到，发动车，往白禾家开去。

这几年南陆市盖了不少楼房，很多人都搬进了这些新建的小区。可油田还是以前的老样子，没有什么区别。白禾与刘剑的那个小小的家，也还是在老地方。只不过，外面的油田派出所现在变成了一个警务室。

贺清明远远地就看见了白禾，她正站在马路边等着。他本可以掉头到白禾站的位置，但他并没有。而是故意将车停在了马路对面，将车窗放了下来，冲白禾喊："你不用过来，我朋友拿给你。嗯，你们见过的。"

王慧慧就气鼓鼓地下车了，提着那一袋子她本来要提回家吃两三天的菜肴。她心里还在骂，倒不是舍不得这些吃食，而是觉得贺清明果然混蛋，小肚鸡肠的。

她往马路那边走去。紧接着，她看到马路边上站着的白禾的脸色，在看清楚自己后一下变了。甚至，她还不自觉地往后退了一步。

这一幕，也被贺清明看到了。他的心往下一沉，对于白禾与刘猛见过面的这件事，算是完全坐实了。而让他更为警觉的是，白禾见了刘猛后，两个人单独在那包房里，到底还做了什么，说了什么。

他眉头皱得更紧了，拳头也不自觉地捏了起来。最终，他还是没有忍住，拉开了车门，大步走了过去。

"慧慧，你到车上等我。"他尽可能柔声对王慧慧说道。

王慧慧本来没有好气，不想搭理他的。可一扭头，看到贺清明黑着脸，和之前那个他已经完全不像是同一个人了，便连忙应了，回到马路对面了。

白禾神情明显有点慌张，但还是迎上了贺清明瞪自己的眼神。

贺清明说："你见过她吧？"

白禾说："见过。"

贺清明说："那天你去永盛饭店不是和人聚餐，而是和刘猛一起。"

白禾说："是。我和谁见面，你管不着。"

贺清明的声音开始越发低沉了，他那隐藏着的叫作小混蛋的社会人模样，逐渐显现出来："你那天和刘猛一起，做了什么？聊了什么？"

白禾说："没做什么，也没聊什么。"

贺清明是知道自己这个妹妹的，当年他和刘剑领着刚出狱的铁牛郭连环去学校看白禾的时候，白禾对郭连环开口的第一句话，就是要他帮自己杀一个人。那些话，在当时的三人听来，不过是尚年幼的白禾没有轻重地随口胡说。可是，那天晚上，她说要杀的那个女老师，在油田里真就被人残忍地杀害了。

贺清明开始觉得眼前的这个白禾一下子变得非常陌生。实际上这种感觉一直都有，只不过他不愿意承认而已。他总觉得自己是白禾的哥哥，是白禾的世界里和她关系最近的几个人之一。可实际上，他一年到头和白禾也见不了几次面，白禾也没有真正拿正眼瞧过自己。

贺清明继续沉声发问："四海机械厂的一个叫白丽蓉的女生，你认识吧？"

白禾说："认识，怎么了？反正人也不是我杀的，关我什么事？"

贺清明一愣："你怎么知道白丽蓉死了的？"

白禾也一愣，她再次不由自主地往后退了一步。紧接着，她眼睛一亮，冲着贺清明身后喊道："哥，你怎么回来这么晚？"

贺清明扭头，就看到了刘剑正从一辆警车上下来，还朝车里面挥了下手。他也看到了贺清明，大步走过来，说："你今晚上怎么过来了？"

贺清明说："给你们送一点吃的，在永盛饭店请人吃饭，点多了，都没动。"

刘剑就笑，问："有牛肉吗？"

贺清明说："有。"

刘剑说："那现在就热了，我们喝两瓶啤酒吧！"

贺清明看了一眼白禾，白禾正在看着刘剑，那眼神一下又变回了欢喜。贺清明咬了咬牙,说:"算了,我刚吃完,再说我还有朋友在。"说完抬手指了指马路对面——他的车窗是开着的,王慧慧坐在副驾驶。

刘剑故意探了下头,说:"嘿,挺漂亮一姑娘。好吧,白禾,回去给我热牛肉去。我还没吃晚饭,饿得发慌。"

"好嘞!"白禾应道。然后两人一前一后,往他们住的那院子里走去。

"白禾,回来,哥跟你单独说句话。"贺清明终于还是忍不住了,冲着两人的背影喊道。

白禾扭头看他,不动。

"就说一句话。"贺清明在白禾面前,有一种他自己都觉得特别奇怪的卑微。

白禾还是不动。反倒是在她一旁的刘剑说:"过去啊,臭丫头,你亲哥都喊不动你了吗?"

白禾说:"我亲哥是你。"说完,朝贺清明走了过来。

贺清明深吸一口气,又缓缓吐出,他咬了咬牙,压低了声音:"白禾,我希望你知道,不管是什么事,你都可以选择相信我,而不用去求别人,比如刘猛那号人渣。"

白禾说:"就这一句话吗?"

贺清明继续道:"还有……还有,不管你做了什么,哥都会给你查漏补缺,给你兜底兜到最后。"

白禾愣了一下,低头沉默了几秒,然后小声说道:"嗯,我知道了。"说完,她转身往回走去。

贺清明没有直接回车上,他站在马路边点了一根烟。思前想后，他给刘猛打了个电话过去。

"喂！猛子哥吗？"

刘猛那边传来卡拉OK的声音，然后是刘猛在那儿大声说话："小混蛋吗？打电话找哥干吗？"

贺清明说："你知道白禾是我妹吧？"

刘猛说："知道啊。"接着那包房里唱歌的声音就没了，应该是这家伙走出了包房。

"知道的话，你还和她这么个小孩子来往？"贺清明没好气地说。

"嘿！小混蛋，你可别把你哥想得那么没底线，是你妹妹有事要我帮忙。再说了……"说到这儿，话筒那头传来液体洒出的声音，应该是这家伙走到了厕所开始放水，"再说了，你哥我这么多年来，恩怨分明，从不欠人分毫，什么事情都得弄得清清楚楚。我绑过你妹，算是我欠人家小姑娘的，总要还吧？"

"她要你帮忙做了什么？"贺清明追问。

"这个你就管不着了。"那放水的声音也打住了。

"是不是和四海机械厂的事有关？"贺清明再次问道。

刘猛的笑声传来："哈哈，老弟，哥不知道你在说啥！有空陪哥喝酒吧！"说完，他挂了电话。

贺清明放下手机，将手里的烟头往地上一弹。他再次望向马路对面刘剑和白禾的那个家，里面灯火通明，应该是兄妹俩在热自己给他们送过来的剩菜。

贺清明突然意识到了什么……他是贺清明，小混蛋贺清明，白禾的亲哥哥贺清明。他不是刘剑，不是一个警察，追究某些事情的真相干什么呢？

所以，当下他要做的，不过就是始终守护着白禾当下的美好生活。就算最终探究的结果真是白禾一时冲动央求刘猛做出了某些伤天害理的事，但对于他来说，有什么关系呢？

意识到这一点后，贺清明笑了。他探头去看那坐在副驾驶上气鼓鼓的王慧慧，说："怎么了？生气啊？"

王慧慧说："你赶紧送我回去，我明天还要上班。"

贺清明说："你听说过麻子烤串没？在小运河边上，味道挺好。"

王慧慧说："你少来这套，我不去，我明天还要上班。"

贺清明说："可我想吃，你陪我去好不好呢？"

王慧慧说："我都说了我明天要上班，你聋了吗？"

第二天早上，王慧慧洗漱好，走到床边抬腿踢了贺清明一脚："我都说了我今天要上班，还是被你弄得迟到了。"

贺清明说："你都迟到了，还有时间来踹我？"

王慧慧说："你不要只是玩我，我哥是铁匠，会打死你的。"

贺清明说："那你今晚上把他也叫过来，我也一并收拾了，看看是他能喝，还是我能喝。"

王慧慧骂了句："真是个混蛋！"扭头出了他俩在青龙城酒店的房间门。

贺清明翻了个身，想要好好琢磨一下昨天一整天收到的诸多信息，再想想接下来到底要怎么做。就在这时，他的手机响了,贺清明一看,是一个南方某地的座机打过来的电话。而在那个地方,他只有一个认识的人,就是顾文。

他按下了接听键,那边也有液体洒落的声音,但伴随着的,还有雷响。贺清明知道,顾文可能又是站在某个街角,用插卡电话给自己打电话。顾文这么多年都没用过手机,一直都是用插卡电话和他联系的。贺清明甚至可以看到顾文穿着雨衣站在暴雨中孤零零的模样。

"哥,我会回来一趟。"顾文在电话那头说道。

贺清明想了想:"也行,正好回来,可能有用得上你的地方。"他本来就是个杀伐果断的人,而顾文,也一直是他觉得最能够派上用场的一枚棋子。

顾文说:"白禾没事吧?我看了个新闻,说南陆市出了个命案,死者是个十几岁的姓白的姑娘。"

"那人不是白禾。"贺清明犹豫了几秒,然后沉声道,"但不代表白禾没事。"

"好吧,我知道了。"顾文也顿了顿,"我买好了票,晚上四点到南陆。哥,你有什么安排,尽管给我安排上就是了。毕竟,你是她的亲哥,法子比我多,路子也比我野。不像我这种人,只能干些不用费脑子的事。"

"好!晚上,我去火车站接你。"贺清明挂了电话,点上了一根烟。

要顾文来干些啥呢?

让刘猛消失?

或者……许猪的那句"宁做鸡头,不做凤尾",在他脑海里一晃而过。

或者，让南霸天也一并消失？贺清明抬手将自己的脑袋打了一下。他是小混蛋，就真要混蛋到这个程度吗？如果真想做商会的会长，也可以有其他办法的。

再说了，目前真正要做的，是保证这商会不会落到刘猛和他的宏图公司手里……

冷不丁地，昨天在宏图公司楼下的马路边看到的那辆货车的画面，一下子就蹦到了他脑海中。他也一下想起了自己是在什么地方见过那辆货车了——不正是前一晚，在四海机械厂搅拌机里的女尸被发现的那个废弃工地外面吗？况且，在他们的商务车抵达废弃工地时，那货车还亮着车灯。而当他第二次去留意那货车时，车上根本就没有人。那么，当时车上的司机是不是直接趴到了座位上，因为害怕被他们看到呢？在他们在工地里弄出那么大动静后，这辆货车又偷偷开走了，是开去了哪里呢？

他皱起了眉。

要知道，这是一辆后车厢里可以装下一台搅拌机的货车……

刘剑：朝如青丝，暮成雪

1.刑警的第一天

从水库警务室调回来后的这几年，刘剑算走得特别顺。首先，是跟着升级后的油田分局，蹭了个集体二等功。去年市里面办一个跨省抓捕的案子，又把他借调过去，跟着市局刑警队的人出去破了个大案，拿了个个人三等功。在这个年纪就收获这些殊荣，他可以称得上是南陆市警界冉冉升起的新星啊。背后甚至有人在说，这刘剑啊，就是未来的中部神探。

到今年，刘剑终于顺利调到了市局的刑警队，和他那一届省警校毕业的南陆市"铁三角"中的另两位——薛铁锤、沈晓乐成功会合。

另一边，他的家庭生活也幸福美满：做了分局局长的刘长春意气风发；白禾茁壮成长；处的对象汪小涵的父母也接受了自己，并答应了他俩的婚事。

美中不足的是，刘剑的模样越来越糙，这是随了他爹刘长春。刘长春中年显老，头顶越来越光亮，胡茬子始终不干净，显出一种异样的属于他这把年纪的成熟。但这些特征给刘剑就不怎么像话了——满脸络腮胡子加一头黄不黄黑不黑的细细卷毛，只要两天不刮胡子，扣上大檐帽后，就只看见一丛毛里有两只眼睛在那儿眨巴眨巴的。干警察作息没那么规律，加班是常态，哪有那么多时间修理这丛毛发呢？

所以，薛铁锤就和沈晓乐说："刘剑这家伙怕是不属于这个社会，他属于山林。找时间我们一车把他拉去原始森林放生吧？"

沈晓乐白了他一眼："放生了他，周末谁陪我打球？"

薛铁锤说："你又打不过他，说得好像你和他是一个级别似的。"

沈晓乐说："我们人民警察打球，打不过一只大猩猩，也是情有可原。"

话说到这儿，刘剑从楼下上来了，大檐帽下一张毛脸，两只眼睛眨呀眨的，问："你们在说啥？"

薛铁锤说："我们在说，就等你了。"

刘剑："等我去干吗？"

薛铁锤说："宏图公司知道吗？他们的总经理叫刘猛，刑满释放人员。早上有人打电话过来反映，说他和四海机械厂搅拌机女尸案可能有关联。"

"什么关联？"刘剑眨巴着眼，络腮胡子拦住了容貌，让人分不清楚他是否一本正经。

薛铁锤说："刘猛在上周一，也就是受害者白丽蓉失踪的那一晚，去过四海机械厂。"

刘剑又眨巴了一下眼睛："查！刘猛这家伙，得查。"

三人下楼，上了警车，往宏图公司驶去。

到宏图公司楼下停好车，三人就径直上了楼。进门发现这曾经红红火火的宏图公司里冷冷清清。偌大的办公室，工位怕是有三四十个，可实际上就坐了七八个人。这也情有可原，因为宏图公司的老板，也就是之前在房地产开发公司停薪留职出来的古经理，前两年跑了。留下来管着这一摊子事的刘猛，用两年时间把一家风头正旺的公司干成这么个熊样，也是正常。

见三人进来，就有个穿着一套明显小了的西装的姑娘站起身迎了上来："你们找谁？"

"刘猛在不在？"刘剑问。

那姑娘说："刘总去楼下吃早餐去了，一会儿就会上来。"她盯着刘剑多看了几眼，问："我昨晚是不是见过你？"

刘剑说："经常有人这么说，可能是因为我长了一张大众脸吧？"

站他旁边的薛铁锤和沈晓乐一起扭头，看了刘剑的毛脸一眼，都噗呲一声笑了出来。

那姑娘说："我就是昨晚见过你，我当时在贺清明的车上。"

"哦。"刘剑点头，"想起来了，你是贺清明的朋友？贺清明是我不长进的表哥……哎，说堂哥也可以，反正我和他算是搭不上的亲戚。"

那姑娘说："我也听他说了他和你的关系。嗯，我叫王慧慧，宏图公司的总经理助理。"说完，这个叫王慧慧的姑娘，还煞有介事地伸出手来，和刘剑他们仨握了手。

也是没见过这么商务的场面,三个刑警握了手后,反而有点拘谨,开始客套起来。薛铁锤就说:"王助理,你看看,我们是在这门口站着等你们刘总呢,还是给我们安排个地方?"

王慧慧就领着他们仨进了接待室里坐着,还问他们仨:"喝茶还是喝咖啡?"

刘剑和薛铁锤说喝咖啡,沈晓乐没和他们同步,说喝茶。王慧慧应了,出去给刘剑和薛铁锤拿了两瓶鸟巢咖啡,给沈晓乐拿了一瓶钟老师牌冰红茶。

这时,刘猛上来了,听说有警察过来,就径直走了过来。一进门看到了刘剑,就笑,说:"这不是油田分局刘局长家的小刘公子吗,怎么出油田来我们这儿了?"

刘剑说:"我调到市局刑警队了。"

刘猛说:"嘿!还是我们老刘家的人能耐,年纪轻轻就到市局了。"

他坐到茶台前,面朝三人:"三位警官,来我们宏图公司有事?"

沈晓乐说:"也没啥大事,就是有两个问题想问下刘总。您……嗯,您上周一晚上在哪里?"

刘猛说:"在四海机械厂。"

沈晓乐又问:"在四海机械厂干什么?和谁在一起?"

刘猛说:"去四海机械厂找唐老鸭,送烟送酒,要他在商会选举时,支持我一下。"

"没了?"沈晓乐又问,"出了他家门后,就没做些什么吗?"

刘猛乐了:"出了他家门后,尿急,找了个墙角尿了个尿。哎!你们警方太厉害了,连我随地大小便的事,都给查出来了吗?"

薛铁锤就开始瞪眼:"你最好老实点。我们来找你,自然是查出了一些事才来的,没空和你贫嘴!"他和沈晓乐一黑脸一白脸搭档,得心应手。

刘猛耸肩:"老子十几岁就被关着,见多了你们这些干警察的,还能被你这新兵蛋子给吓唬住?上周一晚上,我在药材公司对面的永盛饭店吃饭,七点十五分吃完,饭店的丽娟可以做证。然后我开车去南城烟酒批发部找王矮子拿了两瓶酒和一条烟,顺便和王矮子还聊了几句天。离开时大概是八点差个三五分吧。到四海机械厂停车,找那狗日的唐老鸭的家,又耽误了一会儿,就差不多八点五十了,聊了半小时,九点二十左右离开,直接回家睡觉。"

"九点二十就回家睡觉?"沈晓乐质疑道。

刘猛咧嘴笑:"报告警官,我被劳动改造了一二十年,被政府调教出了好的作息时间,难道这种好的习惯得以坚持之后,你们还不高兴了?你们应该得意才对啊,说明我被改造得很好啊。"

"好吧!"一直没吱声的刘剑就开口了,"刘总,刚才你说你和王矮子聊天,聊到了八点出头三五分才走的。我想你仔细回忆下,到底是八点三分走的,还是八点五分走的?"他顿了顿,补充道:"我们想收集的情况尽可能详细一点,希望刘总你能理解。"

刘剑这话说得客套,刘猛就不好阴阳怪气地回答了。他有点刻意地做思考状,最后一本正经回答道:"应该是八点五分左右吧。"

"哦。"刘剑又说,"你七点二十五分离开永盛饭店,然后去了南城烟酒批发部买烟买酒,八点五分离开,这个时间段一共是四十分钟吧?"

刘猛点头:"差不多吧。"

刘剑笑了:"刘总,那我们了解得就差不多了,不打扰了。"说完,他站起来,转身往外走。薛铁锤愣了一下,但他们仨打警校开始就是穿同一条裤子的好兄弟,刘剑起身了,他自然也还是站了起来。这时,沈晓乐冲他使了个眼色,薛铁锤没怎么明白这个眼色的含义,但还是跟着刘剑和沈晓乐出了接待室。

刘猛的笑声在他们身后响起:"不送了,小警察们。"

到了车上,薛铁锤就问刘剑和沈晓乐:"这口气,你们就咽得下?"

"咽得下啊,咽得挺通透的。"沈晓乐回答。

"为啥?"薛铁锤问。

刘剑说:"这家伙满口瞎话,明显在隐瞒自己在那天晚上所做的事情。可这家伙是个刑满释放人员,懂的花样多。我们没有真凭实据,在他这聊不出什么结果来,反倒打草惊蛇。"

"你们怎么知道他满口瞎话?"薛铁锤又问。

刘剑说:"首先,上周一的事,他记得这么详尽,甚至能落实到几点几分。搁你,能记得上周一一两个小时里发生每件事时的分针指针指着哪儿吗?"

薛铁锤点头:"不过,记性好的人也还是有的。"

沈晓乐说:"你那时候上课就睡觉,老师教的,你就没听进去过。"

薛铁锤委屈了:"老师这是给你俩开了小灶吗?"

刘剑也笑了:"说谎的人,如果你让他复述之前的话,他一般都会回答得没有任何差错。不过呢,我给他绕一下提问,他就露馅了。刘猛第一次说离开烟酒店是八点差三五分,而我问的是八点过三分还是过五分,他回答的是八点五分。接着,我又故意问那个时长,把他说自己离开永盛饭店的时间往后拉了十分钟。他果然就没反应过来,回答了是四十分钟。"

薛铁锤翻白眼,想了想:"好像还真是这么回事。但这也只能说我们对他使用了脑筋急转弯,算不得数。"

"所以啊……"刘剑发动了车,"所以我们才没必要继续和他聊了。这一趟呢,收获了一个可以确定的信息,就是这家伙那晚上做了某些不想让我们这三个小警察知道的事情。"

薛铁锤点头:"那我们现在去哪儿?"

刘剑问沈晓乐:"打过来提供线索的座机在哪个位置,查到了没?"

沈晓乐说:"查到了,在油田子弟学校,你的地界。"

"油田子弟学校?"刘剑笑了,"我们油田还真是个出好市民的地方。"

因为要去学校走访,穿着警服就不是很妥当。所幸车上都有便服。于是,三人在车上换了外套,才把车开去了油田。

打电话到市局的,是油田子弟学校门口小卖部的一台座机。三人过去,问询早上七点多,是什么人打电话给市公安局。小卖部的老板姓马,人们都唤她马大娘。马大娘认识刘剑,见一次就要说一次"我是看着你小子长大的"。

这次也不例外,当着刘剑两位同事的面,又把这句话给重复了一遍。末了,还补了一句:"白白净净的一个孩子,怎么就长得这么毛茸茸的呢?"

薛铁锤和沈晓乐就站旁边乐。刘剑要马大娘赶紧回忆,早上是谁用这个座机打给了市公安局。马大娘皱着眉,说:"这一早上,打电话的学生那么多,我怎么能记得住呢?我又不是福尔马林。"

薛铁锤连忙纠正:"大娘,你想说的是福尔摩斯吧?"

马大娘对薛铁锤甩了个赞赏的眼神,说:"对,就是福尔摩斯。"

刘剑说:"那么,你就没觉得今早上有谁打电话时比较可疑?"

马大娘又想了想:"好像是有可疑的,就是高三的那个小艾,和你家白禾还是同学呢。他早上打电话时,鬼鬼祟祟的,还捏了鼻子,好像是怕人听出了自己的声音。"

"小艾?"刘剑抬手,十一点半了,离中午放学也就十几分钟了。刘剑就说:"那一会儿这个小艾出来了,你就指给我们看,我们自己去找他问下话。"

马大娘说:"一会儿我可忙了,不一定有空帮你认人。你盯着你家白禾,要她指人就是了。"

正说着，只见在学校门前马路往北的拐角处，晃晃悠悠走出四五个叼着烟、流里流气的半大小伙来。为首的是个小胖子，穿着个黑背心，看着应该是十六七岁，右边肩膀上还文着一条张牙舞爪的龙。"黑背心"边走边抬手，伸了个懒腰，嘴里嘀嘀咕咕不知道说了句什么，旁边的那几个半大小伙就哈哈大笑。也是因为这么一抬手，那紧身黑背心往上缩了缩，白花花的肚皮就显露出来，可他自己没留意到……于是乎，有文身，叼着烟，上身黑背心、下身黑西裤的他，中间就露出一圈白色，让人看着觉得特别别扭，很想要上去帮他把背心往下扯一扯。

刘剑连忙往马大娘的小卖部里面缩了缩，并对他的两位同事说："听说过我们油田的狠角色是谁没？"

沈晓乐说："是一个叫付海军的吧？"

刘剑说："是。这付海军家有三兄弟，一个比一个出息。他大一点的弟弟叫付空军，在运输大队上班，前两年跟人偷油，当了油耗子，被我们给逮了。本来会跟着他们那些团伙一起处理，送中院来着。后来考虑到毕竟是我们油田子弟，就另案了，才判了三年。今年应该也要出来。付海军自己呢，开了个澡堂，就是那种很普通的澡堂，偏偏给挂了个'凤凰城'的招牌，说是要对标市里的青龙城。里面天天聚着一群油田的闲杂人等，搞得乌烟瘴气。"说完，他抬手指了指那边走过来的"黑背心"，继续道："这位啊，就是他们家三兄弟里最小的弟弟，脑子不太好用，初中都没读完，就出来混社会。"

薛铁锤笑了："看着也不像个聪明孩子，叫付陆军吧？

他们家，这是把海陆空三军给集结了。"

刘剑说："他叫付三军。"

薛铁锤挠头："不合理啊，三兄弟老大叫海军，老二叫空军，老三却叫三军，这一家人凑一起不够整齐啊，缺个陆军。"

刘剑说："他爸叫付陆军。"

三人都笑了。

只见这付三军领着那几个半大小伙，晃晃悠悠就到了学校对面，然后一字排开站好。他们都故意歪着身子歪着头，正对着学校大门。大门口有个摆摊卖油炸糖饼的就喊话了："嘿，付家三小子，你干什么呢？拦着不让你叔我做生意吗？"

这付三军扭头过来："还做啥生意呢？今天我要来血洗油田子弟学校了，你还在这儿惦记着卖你的糖饼？"

卖糖饼的就说了："你可真会挑日子，刘剑就在马大娘店里坐着，你是要给他搞个违法犯罪的表演吗？"

付三军愣了，连忙往马大娘的小卖部这边看。刘剑就不好缩着头了，从那小卖部的门边，探出一张满是毛的大脸："三小子，你给我过来。"

付三军咽了一口唾沫，然后快步跑了过来："哥，你怎么在这儿？"

刘剑问："找谁呢？又想要找你以前的同学搞打击报复吗？"

付三军说："怎么会呢？我的同学都升高中了，不在这儿上学。"

刘剑说:"那是要来欺负学弟学妹喽?"

付三军说:"也不是欺负,就是这子弟学校里有个叫小艾的学生,到处对人说自己是水果铁匠的弟弟。水果铁匠是社会人,这小艾是没把我们油田子弟当回事啊!所以,我今天就是要来找他理论一下。要让他知道'爱我油田'四个字,不能只是说说,得要理解。"

刘剑抬手拍了下付三军的头:"就你,还'爱我油田',你会写这四个字吗?"

付三军说:"哥,你这就是瞧不起人了。我读书那会儿只是数理化不好,语文成绩还是不差的,写的作文还得到过我们学校那个会写诗的钟宇老师的表扬,说我有一定的文学造指。"他这是将他说的这钟宇老师一起拉低了水平,随口就甩出了个错别字。

刘剑微微笑了笑:"看得出来,'指'得确实有点高。"

正说着,学校里铃声就响了。刘剑说:"巧了,我们也是来找小艾,你给我把人领过来。"

付三军一愣,正色说:"哥,我们社会人的事,用我们社会上的方法解决就可以了,不用麻烦你们官场的人了。"

刘剑瞪眼:"赶紧去,怎么这么多废话了呢?"抬头还拍了一下付三军的脑袋。

付三军应了,垂头丧气地去了。他那几个小伙伴,许是不知道刘剑是干什么的,见他拍打付三军的头,便都瞪着眼看过来。刘剑站起来,冲他们回瞪。他一个大块头壮汉,又没戴帽子,一脸胡子加一头卷毛,瞪起眼来,模样吓人。付三军看到了他们瞪眼,也嚷嚷了:"这是我哥,刑警刘剑。

我家二哥就是被他抓的。多亏了刘剑大哥,我哥才只判了三年。"

这付三军说话前言不搭后语,比较混乱。那几个小伙不明白细节,听付三军这么说,自然更加迷糊,但也还是连忙扭头了。

没过几分钟,这付三军就真领着一个半大孩子过来了。那孩子右边脸上有一个非常清晰的手掌印,又红又肿。刘剑估摸着,这怕是付三军的杰作。虽然如此,但他脸上还挂着笑,对付三军说:"三哥您就是我们油田子弟学校的守护神,我怎么会去长他人威风呢?"

付三军阴沉着一张胖脸,嘀咕了一句:"一会儿再收拾你。"然后对刘剑说:"哥,人给你领过来了,铐上吧。"

刘剑说:"我什么时候说过要铐他呢?"

付三军点头:"听到没?这是看着我的面子,我刘剑大哥才不铐你的。"

薛铁锤和沈晓乐就站在旁边乐了。薛铁锤说:"行了,你们都走开吧。我们领着这孩子去对面说几句话。"说完,就朝警车停着的位置走去。小艾哭丧着脸,在后面跟着三人。

到马路另一边,来往的学生就没那么多了。薛铁锤率先问话:"早上是你打电话到市局提供线索的吧?"

小艾连忙点头:"就是我。"

薛铁锤:"嗯,不错,是个好孩子。给我们说说,你一个中学生,是怎么知道刘猛的情况的。"

小艾说:"我啥也不知道啊,我就是一个传话的。"

薛铁锤问:"什么意思?"

小艾摸了摸脸,许是之前付三军欺负他时,他正在害怕的情绪上,没感觉疼痛。这会放松了,才惦记起了脸上火辣辣的滋味。他那没有被自己捂着的半边脸上,挂满了无辜,说:"就是我说的这个意思啊……我早上上学路上遇到一个戴着口罩的人,给了我二十块钱,要我给你们公安局打电话。不过,我其实也大概能猜出他为什么要这么做。"

"为什么?"薛铁锤问。

小艾笑了:"他是你们的卧底呗。"

这样看来,似乎也问不出一个所以然来。这么一个半大小孩,用上刑讯问话的那一套,似乎也没啥意义。当然,这也是刘剑他们仨看轻了这事。因为小艾的这话术看似凌乱,但非常符合情理——不愿透露身份的人,随便在路边找了个人给市局打电话提供线索。这样,提供线索的小艾就是随机出现的。侦查人员就会认为,这么个线索,往上摸,摸到的只是个半截的断口而已。

他们并不知道的是,这个小艾,刚认识了一个他很崇拜的社会人。而这个社会人,叫作贺清明。

正要打发这孩子回去时,一个清脆的声音在几人身后响起了:"哥,你来这儿干吗?"

刘剑回头,只见白禾不知道什么时候出现了,穿着白色的校服、蓝色的长裤,头发扎在脑后面,系着一根蓝色的发带,皱着眉站在路边看着自己。

见到白禾,小艾反而慌了,本放下的手再次捂着脸,说:"我……我啥也没说,是你哥找我了解其他事情来了。"

白禾说:"那没你事了,还不快滚?"

小艾应了,回头看了刘剑一眼,急急忙忙跑了。

薛铁锤和沈晓乐就都笑了,说:"嘿,想不到小白禾现在还是个小大人模样了,挺有杀气。"

刘剑说:"放学了还不直接回去?"

白禾说:"正要回去给咱爸打饭,这不就看见你了嘛。"

刘剑笑了,说:"没啥事,就是找这小艾了解一下情况。"

"找他了解什么情况?"白禾一反常态地追问了。

刘剑说:"就是一小事,也没问出个什么结果。得了,你赶紧回去吧。"

白禾说:"好吧,那我回去了。"

她正要转身,刘剑又喊住了她:"嘿,告诉你一个好消息,本来想晚上跟你说的。"

白禾嘴角上扬:"什么好事啊?"

刘剑说:"汪小涵她家也答应了,我和她定了国庆结婚。"

这话一说出口,白禾脸上原本挂上的笑,一瞬间就僵住了。紧接着,她的瞳孔明显地开始放大了,这是人在快速思考问题时才会出现的一种反应。刘剑自然留意到了,连忙问:"怎么了,丫头?"

白禾开始咬嘴唇,鼻孔也扩张了两下,应该是在使劲呼吸。很快,她又回到之前的那神情,笑盈盈地说:"真是大好事。"说完这话,她扭头就走,步子还挺快的。

见她走远,沈晓乐就问刘剑:"咦,你妹怎么看着挺奇怪啊？"

刘剑说："一直都这样，她不是很喜欢小涵。不过她也跟我说了，反正她喜不喜欢也没关系，要我不用在意。"

沈晓乐说："我不是说这事，而是……哎，刘剑，我记得你妹妹是个左撇子对吧？"

刘剑说："也不是完全的左撇子，她是那种左右手都能用的。我那做精神科医生的好兄弟胡小文说过，白禾这种是属于大脑开发得比别人更好的人。一般来说，她日常都是用右手，要做力气活时她才用左手，因为她左手比右手力气大。"

"哦。"沈晓乐点头，"刚才我们问询的这个叫小艾的小孩，脸上的巴掌印是在右边脸上。所以，打他的应该是个左撇子。而刚才在小艾面前耀武扬威的那位……"他抬手指了指马路对面歪着头站着的付三军，付三军正在掏鼻孔，用的右手。沈晓乐笑了笑，继续说："很明显，打小艾的不是付三军，而是一个左手用得比较顺，或者是左手力气比较大的人。"

刘剑一愣，再一回想小艾看到白禾时那慌张的模样……

他皱了皱眉："晚上我问问这小丫头。"

对面那付三军见他们闲下来了，便将掏出的鼻屎弹出，再次跨步过来了。

"哥，你们忙好了？"他一本正经对刘剑说道。

"嗯，忙好了。"刘剑不是很想搭理他，毕竟付家这三小子脑子不是很好用，油田里都知道。可没想到的是，这付三军接下来的话，倒是把大家给吓了一跳："哥，你见过焚尸炉没？"

刘剑问："咋了，你见过？"

付三军说："岂止是见过，我还瞅见过往里面塞人呢。"

刘剑眼睛一下就亮了起来："三小子，赶紧给说说，是什么时候见的？"

付三军说："我哥带我练胆子，去火葬场亲眼看到的。"

刘剑一抬手，又给他头上拍了一下："我怎么就信了你这破小孩说的话了呢！"

"别！"付三军挺委屈的，"哥，我正儿八经要跟你汇报的这事，是前天晚上，有人喊了我一个弟兄，说要他去搭把手，去四海机械厂处理一个死人，说是要拉去火葬场。然后，我那个兄弟还真去了，到现在都没见他回来。我寻思着，不会是出啥事了吧？"

"那你少了个弟兄的事，为啥扯到了焚尸炉呢？"刘剑反问道。

付三军说："就是关系到焚尸炉啊，我那……我那弟兄说，是要去帮一位大哥拉一个死人去烧掉。他还说，是拉去火化，在火葬场。不过不是郊区那个火葬场，而是一个私人火葬场。我也觉得奇怪啊，我们南陆市发展这么快吗？还有私人火葬场吗？"

刘剑等人越听越迷糊，再加上这付三军说啥事也说得混乱，说不清楚，便不知道应不应该继续听他在这瞎扯了。未曾想到的是，这付三军见三人露出怀疑的眼神后，便有点着急:"哎,人家小艾给你们提供了什么鬼线索后,你们对他那么好。而我给你们提供个线索后,你们怎么一点反应都没有呢?前天晚上我们这油田旁边的四海机械厂里,还发生了什么,你们作为警察,难道压根就不知道吗?四海机械厂里发现了一具女尸啊!而我的弟兄在前天晚上,就是跟着人上了一辆货车,说要去四海机械厂里一个废弃工地上搬尸体去火化啊!"

至此,刘剑等三人才一下子紧张起来了。薛铁锤说:"你那兄弟叫啥?知道是跟哪个社会大哥走的吗?"

"他叫张光明,指使他去帮忙的人,叫刘猛。"付三军顿了顿,还说,"他是吃了晚饭后去的,然后再也没有回来过。"

刘剑愣了一下……前天晚上,贺清明是他给做的笔录。他俩要好,所以贺清明对刘剑说话比较详细。隐隐约约中,刘剑记得贺清明好像真提了一嘴,在那发现尸体的废弃工地门口,看到过一辆货车。而这辆货车,贺清明还嘀咕了一句"有点奇怪"。再结合此刻这付三军说的事,还正好呼应上了。

"是一辆什么货车,你见过没?刘猛亲自开的吗?"刘剑连忙追问。

付三军说:"刘猛这种级别的大哥,怎么会自己开个货车出来接人家火葬场拉尸体的活呢?自然是他下面的人吧。具体是啥人,我也不知道。我当时就瞟了一眼,是一辆厢式货车,灰色的。"

"行!"刘剑掏出了手机,打给了贺清明。

贺清明很快就接了。

刘剑问:"那天晚上你看到的那辆出现在废弃工地的货车是什么颜色的?后面是敞篷的,还是厢式的?"

贺清明似乎在话筒那头琢磨,没直接回话。

刘剑就骂:"问你话呢,赶紧老实汇报!"

贺清明说:"灰色的,有厢。"他又顿了顿,补了一句:"我在刘猛公司楼下,也见过这辆车。"

2.抓捕"大猩猩"

命案必破的政策,始于2000年。最初是地方公安机关喊出的一个口号,后来被公安部采用,推广至全国。所以,命案的侦破率,也是各地公安工作效能的一个重要评估标准。四海机械厂搅拌机女尸案,受害者是还在学校读书的少女,且案发时,知道的群众又比较多,导致社会影响比较大。所以,南陆市在当晚就成立了专案组,由分管刑侦的薛局亲自挂帅,下面的主力就是市局的刑警一大队。而科班出身的刑警薛铁锤、沈晓乐和刘剑,就顺理成章地进入了这个专案组,这几天都是在为这个案子奔忙。可这案子,现场被破坏得非常严重。废弃工地还并不是第一案发现场,人也死了有好几天,错过了黄金24小时。所谓的"黄金24小时",就是说从受害人被害那一刻开始,往后的这个24个小时里,命案破获的比例非常高,在90%以上。

所以,目前这个案件的推进,遇到了一定的困难也很正常,就是因为被害人遇害时间比较长,而当下又找不到一个真正有价值的突破口。

没想到的是，因为这么一个没头没尾的举报电话，在矛头指向了一个叫作刘猛的刑满释放人员之后，另一个在之前并没有被留意到的细节——案发现场出现过的灰色厢式货车，竟然也和刘猛扯上了关系。也就是说，白丽蓉失踪的晚上，在四海机械厂出现过的刘猛，几天后又组织过一次人和车，想要去拉具尸体到火葬场。且他所安排的那辆车，很可能就是在案发当天，在现场出现过的那辆灰色厢式货车。

这个信息，被刘剑他们第一时间汇报给了专案组。专案组领导，也就是薛铁锤的爸爸薛局也非常重视，马上要求刘、薛、沈三人咬住这条线往下跟，第一时间找到这个被刘猛叫走的人以及当天晚上的那辆车。

于是，付三军就被刘剑给叫回来，说要他协助办案。这油田内部，本就是一个独立的小社会。像付三军这样的孩子，打小就听说过刘剑这种在油田里有响当当名声的人物的故事。再加上各自家庭父母辈总也能够扯上关系，类似于我的爸爸和你的妈妈曾经都在他的爷爷下面当技术徒弟之类的瓜葛。所以，刘剑唤付三军上车，要他领着去找一下他说的那个不见了的张光明，这付三军倒也没推。

这时，又赶上饭点，四人先在学校附近随便吃了点东西。这中原人的随便吃，自然还是吃烩面。烩面摊一般都摆在路边。付三军跟着刘剑等几个成年男人坐在路边吃面，从他的认知角度来看这事，也算是一件长脸的事，觉得自己总算像个大人的模样了。

扒拉完面条，他们就往炼油车间家属院区那边赶。到了地方，停好车，他们跟着付三军进了其中一栋楼。上到二楼，付三军就开始砸门，扯着嗓子喊："张光明，在家吗？"

里面有人应，接着门就开了，开门的是一个和付三军年纪差不多的半大小伙，大裤衩上套着一件皱巴巴的汗衫，上面印着油田篮球8号。他看起来有点迷糊，许是刚刚正在睡觉，这会儿应该有点起床气。他冲付三军瞪眼："大中午的，你跑来嚷嚷啥呢？"

付三军指他，说："这就是我说的张光明。"

张光明问："他们是谁？"

付三军说："这就是刘剑，油田第一警察刘剑大哥。"

这张光明一下就慌了，往后退了两步，指着付三军："你……想不到你小子出卖我，带着警察来我家抓我。"

刘剑他们任一听这话，就警觉了，急忙往前跨出步子，把这张光明给控制住了。张光明说："你们干啥？我又没犯法，为什么抓我？"

刘剑说："你没犯法，那你害怕什么呢？"

张光明说："我们混社会的，和你们警察就是对立的，看到你们，我们紧张不是正常反应吗？"

付三军说："兄弟，你误会了。他们不是来抓你的，他们是陪我出来找你的。我不是瞅着你被拉去运尸体到火葬场后，一直没出现，担心你被直接送去烧了，所以才领着他们来寻你。"

刘剑、薛铁锤、沈晓乐三人交换了个眼神，感觉有点哭笑不得。其实，他们自己也是从付三军和张光明这种半大小伙的年纪走过来的。那会儿,刘剑领着一干油田小孩干护厂队时,也是这么个傻乎乎的模样。至于薛铁锤这种政法机关大院长大的、满脑子都是"正义是拯救全人类的荣光"的孩子,当年干的很多破事,更是让成年人看后只能摇头。

明白了刘剑等人不是来抓自己的,张光明也松弛了下来,还自顾自地挠头,说:"也是我多虑了,我没杀人放火,就不用害怕警察上门。"

他倒是比付三军机灵,小眼睛一翻:"你们应该是来问前天晚上四海机械厂的事吧?我当时确实在那儿,吓死我了。到第二天又听说了里面真出了被肢解了的死人,就更慌了。所以,这两天才不怎么敢出去找三小子他们一起玩。"

付三军冷笑了一声,骂了句:"所以说你就是个成不了大事的玩意。"

成不了大事的张光明不太服气:"我又没说我从此以后就再也不出门了,我只是要静下心来,思考这件事背后的真相。"

刘剑也乐了,问他:"那你思考出什么真相没有?"

张光明摇了摇头:"没。"

接下来,就是张光明开始讲述那天晚上的事。据说呢,喊他去帮忙拉货的人,叫大猩猩,真名是啥,张光明也不知道。大猩猩是张光明在大庆舞厅里认识的市里面的兄弟。至于那天晚上为什么要叫上张光明去帮忙,大猩猩也说了,完全是因为顺路。从市区到四海机械厂,要经过南陆油田。大猩猩怕要搬的东西一个人搬不动,所以才在快到油田时,用手机打了张光明的寻呼机。

张光明回了电话。

大猩猩就问张光明有没有胆子。

张光明连忙说自己有胆。

大猩猩说:"帮忙抬个尸体去烧掉,敢不敢?"

张光明说:"大晚上去抬尸体?难道是你杀人了?"

大猩猩说:"你说啥呢?我杀了人会让你知道吗?自然是接了个活儿跑一趟。咱拉货赚钱,不管人家要拉啥,对咱来说都只是货,对不对?只不过,这次派活儿的人是我大哥,狠角色,名字说出来会吓死你。"

张光明忙问:"是谁?"

大猩猩说:"是刘猛。"

没经历过那年代的人,可能无法理解当时社会上无业的小青年对这种社会大哥的盲目崇拜已经到了什么样的程度。但凡有与名声响当当的社会大哥扯上关系的机会,小青年们都非常踊跃。

于是,抓着公用电话话筒的张光明,看了一眼不远处那站在路灯下穿着黑背心掏着鼻孔的付三军,思前想后,最终咬了咬牙,说:"我在油田大众澡堂门口这儿,你来接我。"

放下话筒,张光明再看那路灯下穿着黑背心的那位。只见付三军已经掏出了一坨鼻屎,伸到眼前看了一眼,然后他冷笑了一声,将鼻屎弹了出去,像是干掉了南陆市里一位声名显赫的大人物。

张光明觉得,自己不能成为付三军那样的小混混。

他得力争上进。

于是，他在付三军羡慕的眼光下，上了大猩猩开来的那辆灰色的厢式货车，然后就朝四海机械厂去了。可大猩猩的车越开越偏，到了个没什么人烟的工地外面停下了。大猩猩抬手看了下表，说得晚点再进去拉货。

张光明问："为啥现在不进去？"

大猩猩说："猛子哥有嘱咐。"

张光明有着一颗硕大的脑袋，里面脑细胞自然装得比常人更多，所以，此刻他的恐惧情绪也比常人更甚。可一扭头，见大猩猩一副见过大风大浪的模样，便也不甘示弱，学大猩猩叼着烟，坐在驾驶室里干等。

谁知道等着等着，到九点左右，居然等到了一辆自行车领着一辆黑色商务车开了过来，就停到了他们的货车不远处。两人毕竟是过来干见不得人的事，心虚，连忙把车熄火，然后滑下去，蜷在椅子下面往外看。接着，就看到六七个牛高马大的男人下了车，且一看就不像是正经人家的好人。这几个人，自然是那晚上搬着烟酒来找唐老鸭的南霸天、贺清明等人。张光明看他们叼着烟，陆续往那工地里面走去。

他们进去没几分钟，就瞅见那工地里面灯亮了，还有人大声呼喊，像是有人打架。停在他们附近的那商务车的车灯唰一下也亮了，径直冲了进去。

此时大猩猩的灰色厢式货车的车灯，也唰一下就亮了。大猩猩开车，领着张光明惊慌失措地出了四海机械厂。

事后，大猩猩买了一包烟给张光明，说这事没办成，得回去和刘猛大哥回个话，还说："咱山水有相逢，下次大庆舞厅再见。"

实际上那会儿，张光明的双腿都在抖，多亏下车买烟的位置没路灯，暗，没让大猩猩看出来。张光明冲大猩猩点头，说："好，大庆舞厅见。"说完急忙跑回了家。

于是，这兜兜转转，目标又变成了这个开灰色厢式货车的叫大猩猩的小伙。沈晓乐打了电话回局里，将张光明说的车牌报上去，接着就是等回复。张光明就说："这个点儿，大猩猩一般都会在大庆舞厅跳舞。真要找他，现在去大庆舞厅，一抓一个准。"顿了顿，这张光明还吐露出一个信息来："大猩猩那天还说自己可不是第一次帮刘猛处理尸体，他说前年也帮刘猛处理过一次，是车祸死的两口子，也是运到他说的那私人火葬场里。刘猛自己开了焚尸炉的闸，烧了大半个小时。"

这信息量越来越大了，薛铁锤都不由自主地搓起了手："好家伙，想不到你们这油田还是个大宝藏。看来刘剑你小子平时的日常工作做得不错，群众基础调动起来后，爆出的一个个都是猛料。"

付三军似乎忘记了自己就是薛铁锤说的"群众"中的一员了，也在那啧啧称是："那是自然，我们刘剑大哥当年没进警队时，带领护厂队，要多威风就有多威风。"说完，付三军就唤张光明换衣服，领大家去大庆舞厅找那大猩猩。

张光明不乐意了："嘿！我说三小子，你是不是脑袋被门给夹坏了！我以后是要在社会上混出名声的人，你让我领着警察去大庆舞厅抓我兄弟？我是那种人吗？"

有薛铁锤在，办事的效率一般都很高。几分钟后，穿着篮球背心和大裤衩的张光明,就被铐子铐着坐到了车后排的薛铁锤和沈晓乐的中间。付三军被安排坐在副驾驶位置上,这人缺心眼,在那儿咧着嘴乐:"要你小子配合,你还顽抗,活该。"接着,他又说,"几位哥,一会儿他表现好,帮忙抓了大猩猩后,就还是给我个面子,放了他吧。"

刘剑说:"好,能顺利逮到大猩猩,我们就给你个面子,让你把他领回家。"

付三军很是得意。

下午两点左右,车就开到了大庆舞厅附近。这张光明虽然牛皮吹得响亮,但只是个二十不到的孩子,被铐了一路,又听说帮忙找到了大猩猩,就没他什么事了后,便也答应配合。不过他说了:"我只负责认人,不能帮你们去抓,毕竟……毕竟我得讲道义。"

刘剑对他竖了个大拇指,领他下了车。基层刑侦人员的工作就是不断地走访、排查,找到一个或许有用的线索后,就顺着线索往下面一路摸。像今天,刘剑、薛铁锤、沈晓乐他们三人的这种经历,对于公安系统刑侦一线的工作人员来说,司空见惯。况且,他们今天这一路下来,已经算非常有收获了。而绝大部分的走访、排查,最终往往都是毫无头绪,白辛苦白忙。

因为开的是警车,所以车得停在附近不起眼的位置再走过去。那会儿开始下起了雨,几个人就都加快了脚步。这大庆舞厅,位于大庆剧院旁边。在二十世纪七八十年代,这南陆市只有两个电影院:一个是市人民电影院,就在贺清明住的那桌球街附近;另一个就是大庆剧院,位于四海机械厂、油田和市区的中间位置。其实油田和机械厂都是有自己的大礼堂的，也都能放电影，但都不叫电影院或剧院，唯独人民电影院和大庆剧院才这么叫，也只有这两家影剧院归电影公司管。

归电影公司管的影剧院，不是为娱乐而生的，还要兼顾宣传和教育职能，是由文化部门直接负责的。后来，到20世纪90年代中后期，改革力度越来越大，很多本来归事业单位管的场地，都给个人承包了。当时的市人民电影院就有两个厅，给个人承包后改成了录像厅。大庆剧院因为本来就只有一个厅，所以没被承包出去。反倒是旁边的大庆文化宫，被整体租出去了。一楼成了服装店，二楼就成了大庆舞厅。那时候的舞厅，也并不只在晚上营业，每天下午也开。下午的叫作下午场，晚上的叫作晚场。所以，20世纪90年代的社会人也并不是没事干，整体也还挺忙。混得好的，下午在下午场的舞厅里耗着，散场后领着在舞厅里认识的姑娘们在外面吃点东西，到七点了，可以再去跳个晚场。舞厅的票也便宜，五角到一块不等。一般来说，都是下午场五角，晚场一块。

到2000年后，上舞厅的就少了，因为年轻人都去了卡拉OK，舞厅里就慢慢成了中老年人去得多的地方。中老年人没年轻人闲，下午生意就冷清。所以，大庆舞厅为了吸引年轻人，下午就搞了一个迪斯科专场，在2002年的南陆市，也算是回光返照了一段时间。

到了大庆舞厅楼下，楼上那"动次打次"的声音就听得很清楚了。付三军和张光明都点上了烟，跟着这节奏很夸张地晃,好像自己是个迪斯科高手似的。这时,舞厅门口那守门的就拦住了他们,说:"买票,一块一张。"

张光明说:"下午场不是五角吗?"

卖票的说:"现在是迪斯科专场,一块一张。"

张光明说:"上个星期我来,都还是五角。"

卖票的说:"来的人太多了,我们肯定得涨价啊。"

张光明脖子上的青筋就鼓起来了,想要和对方好好理论下这事。旁边的沈晓乐连忙搭手到卖票的人肩膀上,小声说了几句话。卖票的人回头看了几人一眼,说:"最多五分钟,你们不赶紧下来的话,我就上去找你们。"说完这话,放五人上去了。

这大庆舞厅在二楼,要上台阶。五人往上走了七八个台阶,都还没转弯,就看见上面下来几个叼着烟流里流气的小伙。为首的是个平头,瞅见张光明了,笑着打招呼:"嘿,光明来了啊,有两天不见你了。"

张光明连忙扭头,冲刘剑等人使眼色,然后大声说:"猩猩哥,我就猜到你也在。几天不见,你越来越帅了啊。"说完这话,他一把拉上付三军就往楼上大步走,一边还说:"我们上面还有几个弟兄在,就不和你唠了。"

这张光明比付三军鸡贼,他这是怕别人知晓这逮人的警察是他领过来的。付三军可没这么聪明,还在那儿不乐意:"谁在上面啊?"

张光明忙说了一个什么名字,然后拉着他往楼上跑。

刘剑等人的心思也不在张光明和付三军身上。他们没再往上走了,反倒是在那楼梯上往两边让开,像是要让楼上下来的人先下。大猩猩与他身边的人没警觉,一边说着话一边继续往下。到这个叫大猩猩的平头小伙经过他们侧身边时,薛铁锤喊了一句:"大猩猩!"

平头愣一下,扭头过来。也就是在他扭头的瞬间,满头满脸浓毛长得跟个真正的大猩猩一般的刘剑往前一个箭步,抓住他胳膊往下一压,直接给他按到了楼梯上。旁边的沈晓乐也第一时间拿出手铐,将地上这还没反应过来的平头小伙给铐上了。另外几个小伙正要上前,薛铁锤呼一下站到了他们面前,瞪着铜铃眼:"警察抓人,没你们啥事。"

说完这话,也不正眼看他们几个了,一转身,和刘剑、沈晓乐两个人,押着大猩猩就下去了。门口那卖票的张大了嘴,嘀咕道:"还真是来抓人的啊!"

在刑侦人员办案过程中,最容易出现突发危险情况的就是这种抓捕行动。所以,抓捕要讲究一个快准狠,趁着被抓捕者还没有反应过来,就直接把人给按住带走。比如在大庆舞厅这楼梯间抓人的行动中,如果和大猩猩身边的这几个小伙多废话几句,对方出现起哄闹事的举动,那么就会很难办。

所幸刘剑和薛铁锤、沈晓乐三人打从警校开始,就经常耗在一起,彼此之间配合的默契程度,已经到了一定级别。几分钟后,这平头小伙,就被带到了警车上。他还在不断吼:"抓我干吗?我又没犯法!"

这时,市局也回了电话过来,说那辆灰色的厢式货车的车主身份已经查出来了,叫古子建。

"古子建?"接电话的薛铁锤重复了一下这名字,"怎么觉得有点熟悉啊？"

已经被控制在车后排的平头小伙，也听到了他说出"古子建"这名字。紧接着，他的脸色一下就白了，嘴唇非常明显地抖动起来。之前不断嚷嚷着自己没有犯法的那套说辞，也不说了。末了，他颤颤巍巍地说道："是……是古子建的事吗？他……他不是我杀的，我只是帮忙运了下尸体。"

刘剑等人听得自然是丈二和尚摸不着头脑，但干刑侦的，反应快，遇到线索自然是第一时间就狠狠抓住。沈晓乐马上接话了，沉声道："你知道是什么事了就好，赶紧交代，古子建是谁杀的？"

大猩猩身子抖得更厉害了："不……不是我杀的，古子建是车祸……猛子哥……猛子哥说了，他们是车祸。"

薛铁锤也一下想起了这古子建的名字为什么耳熟了，他一捏拳头："乖乖，连环案啊。古子建，不就是宏图公司那失踪了两年的古经理吗？据说他当时是领着他的情妇跑路了……"

"没有。"大猩猩连忙说，"他们没有跑路，而是出车祸死了。猛子哥说当时他就坐在车上，也就只有他一个人没死，活下来接手了这宏图公司。"

刘剑深吸了一口气，暗想：难怪这好好的一个宏图公司，短短几年被弄得乌烟瘴气。看来，很有可能就是刘猛为了吃独食，对古经理做了些什么。

三人对视了一眼，然后将这大猩猩的手铐紧了紧。他们也没再说话了，发动警车，朝着市局开去。因为目前看来，这案子挖出来的东西，已经远远超出预期了。

3.抓捕刘猛

审大猩猩并没有费多大力气，他倒是老实，交代得很彻底。他真名叫沈星，三年前就跟着刘猛混，最开始是在工地做监工之类的工作。后来因为会开车，就被刘猛安排到宏图公司开车。大部分时间，他都是开那辆灰色货车，偶尔也帮古经理开开那辆进口马自达。古经理一共有三辆车：一辆进口的马自达、一辆货车，还有一辆老款的普桑。轿车都是在公司名下，货车在古经理自己名下。这里说的普桑，就是老款桑塔纳。实际上在我们故事所描述的这2000年初，街面上挂着大众车牌的好车是桑塔纳2000。也就是在桑塔纳2000红了一阵之后，国内才统一改口，开始将桑塔纳称为大众。

两年前的古经理失踪案，古经理的家人其实是来公安局报过失踪的。可当时这古子建的情况是这样的：从房地产开发公司停薪留职出去后，他和刘猛一起开了这宏图公司。最初接了一些小工程，也赚了点钱。这古经理有了点钱后，嫌弃家里的媳妇不好看，天天和媳妇打架。后来，他就在外面找了个情妇，是之前文化宫吹管乐器的，五官、身材都不错，就是脸特别大，留着长发遮住大半个脸才能上街的那种。到那年过年前，古经理在公司里提取了一笔钱，然后开着那辆普桑，载着他的那个脸特别大的情妇，在一个下着雪的夜晚消失了。

所以，他家人来报案时，压根就没说这人是失踪了，而是说他消失了。警察去他公司里调查，公司里的人也都说他这不是失踪，自然更不能算消失，应该叫作私奔了。再加上他家人也噘着嘴，说了些"早就想到这混蛋会玩这么一套"之类的话，仿佛古子建的私奔，也是他们意料之中的。至此，这失踪案也就没有正式立案。整个经过，唯有刑侦大队的老封嘀咕过一句："为啥这古经理跑路，会专门挑一辆就要被淘汰的又破又旧的车开走呢？好好的一辆进口马自达，还留给了公司，也是奇怪。"

这疑点，想不到在两年后调查四海机械厂女尸案时，被揭晓了。

在古子建携情妇失踪的那个下着雪的深夜，在宏图公司开车的大猩猩接到了刘猛的电话，要他赶紧起床，开着那辆货车，到城外团结湖后山去找他。大猩猩睡眼蒙眬，问："是发生了什么大事吗？"

刘猛说："是大事，你对谁都别说，赶紧过来。"

大猩猩就开着公司的货车，去了团结湖。刘猛在路边等他，身上脏兮兮的，好像是在雪地里打了滚。他上了大猩猩的货车后，第一件事就是反复问大猩猩有没有告诉别人今晚自己来团结湖的事。大猩猩说没有。刘猛才放心，然后要大猩猩把车灯关了，按照他的指示，往团结湖后面的山路上开。开上去也就几百米吧，刘猛就要大猩猩停车。

刘猛问："沈星，哥对你怎么样？"

大猩猩连忙点头。

刘猛又说："古经理和他女人要私奔，开着车瞎跑，出了车祸，死了。现在你和我一起把他们的尸体拖去处理一下，你愿意帮一下哥吗？"

大猩猩纳了闷："为什么不报案，让交警来处理呢？"

刘猛说："怕说不清楚，麻烦啊。因为古经理是背着家人出来的，不想闹得整个南陆市人尽皆知。"

大猩猩嘀咕道："人都没了，还怕人说闲话？"

刘猛就重重咳了一下。大猩猩也就连忙嘴角上扬："行，哥，你说啥我都按照你说的做就是了。"

于是，大猩猩就跟着刘猛进了一片草丛，草丛里躺着两个全身湿漉漉的人。一个是古子建古经理，另一个就是他那脸非常大的情妇。刘猛叹气："也是孽缘，好好地开着车，为什么就从这山路边冲进了团结湖里呢？"

大猩猩当时也好奇，也想要问上一两句什么，但一琢磨，少问也好，啥都不知道。对自己来说，就是跟着大哥干了个体力活。接着就是帮忙扛尸体，扛到了货车后面车厢。刘猛自己也上了驾驶位，出团结湖，往郊区开。开到水库附近一个很偏僻的院子后，他就停了车，然后要大猩猩帮他再把两具尸体给扛进去。

进去后，大猩猩就看到那院子中间，有一口井，井口黑乎乎的，在月光下看着还有点反光，像是涂上了一层油墨，在夜晚里瞅着特别诡异。刘猛就把他扛着的古经理的尸体往那井里面扔，然后扭头要大猩猩把他肩膀上扛的女人的尸体也扔进去。那时，大猩猩一只手搭在女人的乳房上，琢磨着这人死了，软绵绵的肉，也能变得僵硬。

尽管如此，他也还是不敢将这扛着的尸体往那井里面扔，始终觉得这是个人，不管是死是活。刘猛倒也没说他什么，自己上手，从他肩膀上把人给卸了，头朝下，也扔进了那井里。紧接着，就吆喝大猩猩跟他进了房子，从里面拉出两个大塑料桶来。塑料桶的盖子一打开，大猩猩就闻出是煤油。

刘猛倒也不唤大猩猩帮忙了，自己端起那煤油，就往井里面倒，一边倒一边给大猩猩科普，说："以前我就纳闷，为什么火葬场烧尸体能烧得那么干净？后来专门去问了，得用煤油。用煤油烧脂肪、皮肉和骨头，才烧得彻底。"

倒了半桶煤油进去后，刘猛就点了根火柴扔进去。见大猩猩站在旁边不知所措，刘猛就说："愣着干吗？害怕了？"又说："没你什么事，你就帮忙抬，你慌什么慌呢？"

大猩猩一寻思也是，便冲刘猛笑，但还是不敢多问，怕知道得越多反而事多。

到井里面的火灭得透了，刘猛又往里倒了两次煤油，接着继续烧。大猩猩倒是也看明白了，这压根就不是一口井，实际上就是一个水井模样的坑罢了。因为深，所以冒出来的烟也不多，当然，味道还是挺大的，特别难闻，像是烧那毛茸茸的猪蹄时的那股子味道。

折腾到快天亮，刘猛又唤大猩猩和他一起从旁边挖了几筐土进来，倒在井里。到后来，大猩猩也没那么紧张了，还和刘猛有说有笑。刘猛骂大猩猩干这挖土挑箩筐的活儿笨手笨脚时，大猩猩还回了句："我又没在监狱里劳动改造过，自然是没干过这些活儿的。"

出了这个被刘猛唤为"火葬场"的破旧小院后，刘猛拿了三千块钱给大猩猩，要大猩猩把这事烂到肚子里就成了。大猩猩也听话，跟谁都没说过。

两年时间很快就过去了，他们宏图公司效益越来越差，给大猩猩的工资都欠了两个月没发。大猩猩心里有埋怨，再加上那事也过得久了，自然没当回事。所以在刘猛要他去四海机械厂等自己，说又要拉尸体上"火葬场"时，他就很不乐意。没想到的是，车快开到油田了，刘猛还打个电话过来，说自己有点事，就不去了，要大猩猩先去四海机械厂废弃工地外面等着，到十一点再给大猩猩打个电话，指示去哪里扛尸体，再拉回去处理。

于是，大猩猩就给张光明打了电话，还说了不少牢骚话，也就是张光明后来汇报的那些个细碎线索。虽然核心事儿，大猩猩一句没说，但张光明都给记住了。再然后，就是他们在那废弃工地外候着等刘猛电话的时候，看见了南霸天领着几个人进去。大猩猩连忙开车，领着张光明出了四海机械厂。把张光明放下后，再给刘猛回电话，说在那废弃工地外看到了南霸天和小混蛋他们。刘猛在电话那头，老半天没吱声，最后嘀咕了一句："没你啥事了，你回家睡觉吧。"

大猩猩自然也没当回事了，回家睡觉，第二天照常去宏图公司晃一圈，下午去蹦迪，浑浑噩噩过一天。到晚上再睡觉，醒来继续浑浑噩噩。今天下午，他刚晃进大庆舞厅，就被抓捕归案。

所以，这个叫沈星的大猩猩倒也豁达，问啥答啥，并说："我就是一听指挥干活的，你们别给我扣帽子就可以了。我能配合的都好好配合。"

审他的刘剑和薛铁锤自然是对他提出了表扬，并表示查清楚后，没你啥事的话，自然不会为难你。到唤这个大名叫沈星的大猩猩在笔录上按手印时，大猩猩却停住了，扬起头问："警官，我们这种好市民如果遇到什么困难和解决不了的问题，是不是也可以给你们提出来啊？"

薛铁锤学着他爸的官腔："说来听听。"

大猩猩说："你们处理刘猛之前，要他先把欠我的两个月工资给先发了呗。"

薛铁锤吹胡子瞪眼的表情，和他爸爸薛局一模一样，怒骂道："赶紧按手印，废话真多！"

下午这一系列情况就汇总到了专案组。薛局也没多问，快速下达了命令：专案组兵分三路，第一组，带着新到案的沈星，去往他所说的那个刘猛用来焚尸的"火葬场"；第二组，从水上派出所调人，一起赶往团湖，和团结湖派出所的人会合后，下水看湖底是不是有古子建失踪时开的那辆普桑小轿车；第三组就是要刘剑带队，两辆车，八个人，开始24小时锁定刘猛，随时候命。在另外两组有收获后，就立马进行抓捕。

为什么这第三组没有让其他人带队，单拎出刘剑呢？这是因为刑警队也要更新迭代，想要提拔一个科班出身的刑警参与管理。薛铁锤得避嫌，沈晓乐太散漫，而刘剑正是当时市局一干领导眼里最为上进，也最为认可的年轻刑警典范。

也就是说，从上午十点刘剑等三人去往宏图公司与刘猛第一次正面接触的五个小时后——下午三点，一张严丝合缝的大网，已经笼罩在了刘猛这个犯罪嫌疑人周围。但是，令人意想不到的事情，还是发生了……

下午三点十三分，刘剑等人抵达宏图公司楼下。先是派了一个人假装是街道的，进了宏图公司问法定代表人刘猛在不在。说是确认一下他们是不是还在这里办公，怕是拿着地址注册空头公司的。干这活儿的刑警是个矮胖女警，搁在人海中说她是个老刑侦，没人能信的那种。这活儿她干得多，轻轻松松地应付了。确认了刘猛在办公室里后，女警就下来了。接下来，刘剑就把这八个人分成两组。第一组是刘猛没见过的陌生面孔，穿着便衣开始在宏图公司附近闲逛。甚至还有两个人上了宏图公司所在的小楼的上一层，站在楼梯间那儿抽烟，假装聊天。这是把刘猛能逃的各个通道都堵死。然后，第二组就是刘剑和薛铁锤、沈晓乐三个，他们和刘猛打过照面，不能露面。只能把车停在宏图公司斜对面的一棵梧桐树下面蹲守。而也就在他们刚把车停好，各自点上烟，准备长时间蹲守，等候抓捕命令时，马路对面，一个穿着白色连衣裙的少女，赫然出现在大楼跟前。她低着头，在那儿来回踱着步子，好像是在思考什么问题。

沈晓乐最先认出她来："那不是你妹吗？刘剑，那是你妹白禾。"

刘剑那时正仰着头，往眼睛里滴眼药水，听到沈晓乐这么一喊，眼药水都滴脸上了。他把脸一抹，顺着沈晓乐指着的方向看过去，还真是白禾。按理说，这时白禾应该穿着校服，坐在油田子弟学校里乖乖地上着课才对。可马路对面的白禾，穿着那套她觉得最好看的白色连衣裙，头上还扎了一条浅蓝色的发带。一双与这白色连衣裙非常不搭配的黑色丝袜，将她已成熟的身体渲染上了一丝魅惑。浅色的球鞋，又将这种魅惑拉回到了现实中,让人意识到,这始终还只是一个并未完全进入成人世界的少女而已。

刘剑就抬手去拉车门,要下车。可坐在副驾驶的薛铁锤一把拉住了他。因为这时,在那宏图公司所在的大楼门口,一个壮实的身影已经出现,正是穿着一套灰色西装的刘猛。只见他出门后朝左右看了看,然后就朝白禾走了过去。白禾也看到了他,那低着的头终于抬起。这时,刘剑猛地发现,白禾居然还化了妆,眼睛上有非常明显的眼影的痕迹。刘猛咧嘴笑了,白禾却面无表情。两人很快走到了一起,说了一两句话后,刘猛扭头,往他那辆停在路边的马自达走去。

"他们要开车走?"沈晓乐嘀咕道。而坐在驾驶位上的刘剑,脸已经黑得像是一块黑板了。他没吱声,将车钥匙一扭,也发动了汽车。

刘猛先开了副驾驶的车门,笑着对白禾招了招手。穿着白色连衣裙和黑色丝袜的白禾快步上前,钻了进去。紧接着,刘猛走到驾驶位那一边,拉开了车门。但他没有急着上车,而是环视了周围一圈,动作缓慢,似乎是在寻找什么。

刘剑等人没开警车,再加上他们的车本来就贴了防窥膜,又有这么远的距离,刘猛不可能看清车里坐着的他们三个人。但因为车是发动着的,车里有人影在,这些特征也是显而易见,很容易让人留意的。所以,三人还是不由自主地将身体往下一缩。也就是在他们缩身体的同时,刘猛那环视四周的目光,正好停在了他们的车上。他歪了歪头,多看了几秒,但也很快将目光移开了。

刘猛上车,将车开出了宏图公司所在的街道,在前面路口一拐弯,扬长而去。

一起行动的刑警们也都不是新人,不是需要人戳一下才动一下的木偶。在路边晃悠着的两位也急忙上了车,尾随了上去。反倒是被刘猛特意盯了一眼的刘剑他们仨的这辆车,只能晚一步再启动了。车厢里,驾驶位上的刘剑的脸色已经变得非常难看了,沈晓乐连忙下车,把刘剑换了下来,让他坐到后排。接着,沈晓乐发动汽车,旁边的薛铁锤也连忙给另外一辆车上的同事们打电话,问了两句后才追了出去。

刘猛的车开出去也没多远,到帝豪大酒店楼下就停了。刘剑他们这辆车到的时候,据说刘猛和白禾已经进了酒店。沈晓乐怕刘剑在情绪上,一激动坏了事,便要薛铁锤在车上陪着刘剑。然后沈晓乐自己下了车,往里面去了。

这时的刘剑也参加工作好几年了,不可能真像个毛头小子一样冲动。他皱着眉想了想,然后拿出电话。薛铁锤连忙问他:"你打给谁?打给白禾吗?"

刘剑摇头,抬手翻出了贺清明的号码,拨了过去。

贺清明在电话那头很不耐烦:"你调到了市局就是专门来盯我的吗?一天来好几个电话。"

刘剑说:"你在哪儿?赶紧赶到帝豪大酒店来。"

贺清明说:"我倒是不远,不过我在搞事业,忙着呢。"顿了顿,又还是补了句,"什么事?很急吗?"

刘剑说:"白禾跟着刘猛进了帝豪大酒店。"

"什么?我马上到。"贺清明应道。

也就过了七八分钟,贺清明那辆桑塔纳就冲进了停车场。刘剑拍了拍薛铁锤的肩膀:"放心,我心里有数。"

薛铁锤点头。

刘剑就下了车,快步朝贺清明那辆车走去。贺清明也下了车,脸色和刘剑一样不好看:"什么情况?"

刘剑说:"一些事,不太方便跟你说。你现在上楼……"他看了一下手机短信,里面有沈晓乐在前台问到的刘猛和白禾开的房间号。刘剑继续交待:"你去401房,直接踹开门,就说是你自己在楼下看到了白禾和刘猛一起上了楼,所以赶上来的。"

"嗯。"贺清明应着,又转身去车后备厢里摸出一把带着刀鞘的砍刀。

"贺清明,你干什么呢?"刘剑急了,伸手要去抢贺清明手里的刀。

贺清明扭头,皱着眉:"刘剑,应该我问你,你这是在干什么呢?不劈他刘猛一刀,这口气咽得下去?"

"可……可……可现在也还不知道是什么情况,或者他们进房间并不是去做些什么见不得人的事呢?"刘剑抢白道。

贺清明急了,冲刘剑瞪眼了:"我们自己的妹妹,能做出一些什么事,难道你没数吗?她那小脑袋里装了些什么,难道你就没有研究过吗?"

刘剑一愣:"贺清明,你是不是有什么事瞒着我?"

贺清明将后备厢的门用力往下一摔:"你根本就没有真正关心过她!"说完拿着那把刀,就要往酒店大堂里冲。

刘剑再一次伸手去抢贺清明的刀:"你给我把刀放下,信不信我现在就铐了你!"

贺清明也火大了，抬起腿就踹了刘剑一脚："滚开，要不你就跟着我一起上去，要不你就待在这下面给我好好窝着。"

刘剑的拳头也捏紧了，但最终他还是一把抓住贺清明的刀："我是警察，你……贺清明，你别磨磨蹭蹭了，赶紧上去！"

贺清明骂了句娘，留下了刀，朝着酒店里冲去。冲出几步，居然又扭头回来，对着刘剑咆哮："几号房？"

刘剑也是气迷糊了，压根不记得，只得又去翻手机。贺清明再次骂娘，瞪着眼看刘剑翻手机。

"401房。"

贺清明扭头快步而去。

也就是在贺清明的身影消失在刘剑的视线的同时，薛铁锤的大脑袋从车里伸了出来。他手里拿着手机，对着刘剑挤眉弄眼。刘剑快步过去，只听薛铁锤压低声音道："上面来通知了，另外两队都有收获，现在可以收网……"

他的话都还没说完，刘剑就已经甩开膀子朝着帝豪大酒店里冲去了。

大堂里的沈晓乐等人，这会儿也是一筹莫展，不知道接下来要怎么办。见刘剑进来，大伙都朝他望了过来。刘剑喊："收网！"说完就率先往电梯间跑去。只见那两个电梯，有一个正在往上，另一个显示着维修。不用说，往上的肯定就是比他先一步进来的贺清明。

刘剑对身后的人说："你们等电梯。"说完这话，他自己就拉开了旁边的楼梯间的门，朝着上面疯跑起来。实际上，刑侦工作中真正的抓捕，对消防通道和楼梯间这些地方，本来也需要提前安排人守着，以防人犯从这些地方逃跑。所以，此刻收到抓捕命令后的刘剑这一组人，首先要做的应该是布置分工。可这时的情况特殊——贺清明被刘剑使唤着上去了，他是会直接踹门并和刘猛干架的主儿。

四楼倒是不高，再加上在2002年的南陆这种内地城市，大部分地方都还没有装电梯。所以人们对于爬楼梯，还是很熟练的。再加上刘剑本就壮得跟一头小牛犊一样，一口气上这四楼，并不费劲。

他一把拉开了四楼的楼梯间的门，左右看了看，就瞅见贺清明正在过道另一头的一扇门前，在那儿拿脚踹门，且踹了两脚也没把门给踹开。刘剑远远看着就有点恼火，嘴里骂道："没用的玩意，整天就只知道抽烟喝酒。"一边说着，一边快步跑了过去，还吼了句："让开，我来！"

他抬起脚，借着这助跑的惯性，朝着那门锁位置踹了上去。可这重重的一脚，压根就没有踹到门，落了个空。因为门在那一瞬间，被人从里面打开了。原来，是里面开了门，而刘剑没收住劲，一脚踹了个空，身子往前扑了出去。

一个黑影，也在这一瞬间从房间里猛地朝外面冲了出来，正是刘猛。可门外面还有贺清明，他看到刘猛过来，抡起拳头，就照着刘猛脸上砸去。刘猛沉声吼道："老子是在帮你家妹子！"贺清明一听，一愣。他在这几天里，隐隐约约猜到了一些事。刘猛这样冷不丁喊出来，他就有了一个短暂的犹豫。也就是在这短暂犹豫的时间里，那刘猛一弯腰，抱住了贺清明的腰往前一扑，把贺清明给放倒在了地上。他也没有停歇，直接踩着贺清明的身子，手脚并用，连滚带爬地站起，往前狂奔。在他的前方，有两条下楼的路，一个是电梯，另一个就是刘剑上来的那条消防通道，也就是楼梯间。电梯里不用问，沈晓乐等人正在上来；楼梯间里不出意外的话，沈晓乐也安排了人守着。可刘猛本就不是个一般人，他十几岁犯事，在重刑犯监狱里待了一二十年，结识了那么多有着各种"能耐"的犯罪分子。再加上他出狱后也一直没有闲着，私底下干了不少坏事，所以遇到这种争分夺秒的情景时，他早就有过各种预先安排。

只见他冲过了电梯间，也冲过了消防通道的门，往走廊尽头冲去。在那儿有一个玻璃门，门外是一个小阳台。他直接撞烂了那玻璃门，然后站那儿停顿了一下，且回了下头。在他回头的时候，电梯门也开了，只见沈晓乐等几个穿着便衣的刑警急急忙忙出了电梯，也循着声扭头看到了站在那一地玻璃上面的刘猛。另一头，刘剑已经冲出来，朝着走廊这头狂奔。

刘猛骂了句："操！"一转身，一抬脚，踩上了那小阳台上的铁栏杆，然后直接跳了下去。

众人也追了上来，探头往下看。只见刘猛直直地往下落，那下方居然有一个红绿白三色的雨棚，他是朝着那雨棚跳的。看来，他之前有留意这个细节，所以才会直接往这边跑。可这现实世界和武侠片还是有很大区别的，从四楼下去，你再好的身手，再怎么顺利地借助东西卸力，也不可能跟蜘蛛侠一样全身而退。

只见他重重地摔到了那雨棚上，雨棚也并没有接住他，而是直接被砸穿了一个洞。那四散的新撕开的洞下，众人清晰地看到，是一片颜色特别深的灰色地面。刘猛直接摔到了那地上。

"死了，铁定死了。这刘猛犯的事小不了，小不了！"沈晓乐一边说着，一边扭头，往消防通道冲去。其他人也没磨蹭，也都跟着他往下跑。刘剑看了401房这边一眼，只见贺清明还站在那里，面朝着房间里面。刘剑就冲他喊道："看好白禾！"说完这话，刘剑扭头往下，追他的同事们去了。他此刻的心都在那刘猛身上，原因有二：其一是职责所在，容不得他懈怠；其二是在他看来，贺清明在，就和自己在没任何区别。贺清明自然会和自己一样，开始大声训斥白禾，并第一时间让白禾免受任何伤害。可惜的是，他所知晓的关于白禾的事，实在太少太少了。又或者说，白禾在他刘剑的世界里展现出来的单纯与简单，并不是真实的。

所以，世界上并没有人知晓在2002年5月20日这天的下午，帝豪大酒店的401号房里，贺清明与他同父异母的妹妹白禾究竟说了些什么。他会训斥她吗？会骂她吗？还是会拆穿她，并指引她接下来要如何做呢？这一切，只有他们两个人才知道。未来的十几年里，如果贺清明知道，在2002年5月20日的这一次与妹妹的相处，会是他此生最后一次与对方近距离接触，他一定会加倍珍惜。

但时间是不息洪流，不会逆转。它往前奔流，过浅滩，过深谷，过急弯，过坡道。这一路上，见过的、擦肩的、你自觉或不自觉中熟悉的人、深爱的人以及恨着的人，也最终都会落在你的身后。到那一天，你猛地发现，他们的面目，竟然只成为你记忆中一个深刻的烙印,细节都在,但色彩会逐渐消退,最终成为与你无关的众多平凡人中的一个。在这世界之中,他们,与你不再记得的那些已然暗淡了的人影一样,皆在苍茫之下。

所以,这2002年5月20日的相处,就是贺清明与白禾这两个密切关联者,于这人间独处的最后一次有机会改写之后彼此人生轨迹的时刻……

十几分钟后,帝豪大酒店的停车场被尖啸着的车占据。有四辆警车以及一辆救护车。刘猛并没有死,因为他落地的位置,并不是坚硬的地面。在之前,这个位置是一个露天的游泳池。南陆市地处中原,天气凉,所以这游泳池用上的机会很少。后来,酒店就定制了一个充气垫放在泳池里,给住到这酒店的客人的孩子们玩。刘猛之前应该是有留意这个事,所以他从房间里出来时,没有往楼梯间跑,而是直接朝着走廊尽头的小阳台跑,他想着从这四楼跳下去到充气垫上,应该不会受伤。可让他没想到的是,前几天酒店觉得这个泳池压根就没有存在的必要了,就雇了人把泳池砸了。所以,刘猛跑到小阳台后停住时,就没看到下面游泳池里的充气垫,而是一块红白蓝的帆布。帆布下是什么,对于他来说,是个未知数。

不幸中也有万幸——泳池里的水泥是今早才倒进去的,因为帝豪大酒店给的工钱足够,包工头用的水泥多,卵石少。所以,从四楼跳下的刘猛,在被帆布兜住有了一定缓冲后,最终落到新铺的水泥上,并没有一命呜呼。到救护车来之前,刘剑等人已经把他从水泥中抬了出来。他脸上有着灰色与红色的痕迹——灰的是水泥，红的是他自己的血。他双眼紧闭，大口喘着气，应该是承受着剧痛。而站在他身旁的刘剑的心，也在剧痛，因为这个被他们从水泥中抬出来的猥琐、丑陋、凶残的家伙，裤子是滑了下来的，裤裆里那玩意裸露在外。为什么会这样？只有一种可能，就是在贺清明和刘剑冲上去的时候，刘猛是没穿裤子的。贺清明和刘剑的突然到来，逼得他连内裤都没穿上，只套了外面的裤子，且皮带和拉链都没整理好，就穿上鞋夺门而出。

刘剑的脑海中一团乱麻，他死死地盯着停车场外面，看市局的警车来了，看救护车也来了。他又不时抬头，望向那帝豪大酒店四楼，脑海中不断出现着他那穿着白色连衣裙的妹妹白禾褪去衣服，和赤裸着身体的刘猛纠缠在一起的画面。他觉得胸口里有了一团熊熊燃烧的火焰，随时就要喷涌出来。所有的……所有的堆积在她身上不干净的、不能见人的东西，都应该被烧为灰烬。

他压低了声音，对他身旁的薛铁锤、沈晓乐等人小声叮嘱道："尽量……尽量把我妹妹的事给遮掩过去。"

在很多年后，薛局在和他儿子说起刘剑时，总是会先选择叹气。薛局说："自始至终，刘剑其实并没有做错过什么。甚至，他在那两天里做出的每一个抉择，如果换成我们这些人，也是会义无反顾去做的。可遗憾的是，他是警察。他就正站在那边界之上……"

很遗憾，世界并不真是皆在苍茫之下。黑色始终是黑色，白色也始终是白色，对与错各自为营，是与非绝不可能混淆。

在2002年5月20日，刘猛第一次到案时的卷宗里，一干参与抓捕的刑警都是这样描述的：

下午三点二十七分，嫌疑人刘猛离开宏图公司，驱车往帝豪大酒店。

三点五十五分，刘猛进入帝豪大酒店，开了401号房，并进入房间休息。

四点十四分，接到市局通知，我小队开始实施抓捕。

四点二十分，刘猛逃窜时跳楼，摔入一楼水泥池里。

四点二十三分，抓捕成功。

全部记录里，都没有出现白禾的任何痕迹。

4.漫长一夜

上车后，刘剑给贺清明打电话，贺清明没接。过了一会，贺清明回了电话过来。回电话那时，刘剑又正在接薛局的电话。薛局对刘剑进行了表扬，可刘剑心里有事，快活不起来，就随便答了几句话。挂断后，连忙给贺清明回过去。贺清明说："我领她回我家待一晚上吧？"

刘剑说："去你家，然后被你妈给挠几爪？"

贺清明说："我在新开发区买了套房子，什么都弄好了，一直没搬过去而已。"

刘剑想了想，觉得让白禾跟着贺清明去也行，毕竟自己今晚上很可能又要熬夜。而他爹刘长春……刘剑不知道自己应不应该把这事告诉刘长春。

他心里还是很乱，一直乖巧听话的白禾，在他脑海中的形象一下变得无比复杂起来。他犹豫了几秒，最终说："也行吧。不过，你把地址发给我，我看看要不要让汪小涵过去陪一下她。"

贺清明应了，挂了线。可紧接着，他又再次打了过来。

刘剑问："又咋了？"

贺清明说："白禾今天带了手机出来，就是我买给她的那个，号码也是我给她选的那个号码。你有啥事找她，可以直接打给她。"

刘剑没好气地说了句："等我消了火再说吧。"说完就愤愤地挂了线。

然后就是跟着救护车上医院，看着刘猛被推进了急诊。跟车的医生凑过来，给他们交了个底，说："凭我多年接急诊的经验，这犯罪分子命挺大，别人从那么高的地方摔下来，最起码都得断条腿。我刚摸了下，他好像就只是断了两根肋骨，也不知道这怎么摔的，摔得这么巧妙。"

薛铁锤连忙纠正医生，说："他目前还不叫犯罪分子，叫作犯罪嫌疑人。"

"哦。"医生点头，"还只是嫌疑人，就跳了楼；这要是犯罪分子，还不得上天啊。"

等医生走开，沈晓乐就开始小声嘀咕："摔得不重的话，那今晚看看能不能就给审一下。"

薛铁锤也说："我看有这个必要。这家伙可是真玩命，从四楼跳下来啊！手里可能真不止这一两宗命案。"

刘剑没吱声，黑着脸，叼着烟。薛铁锤、沈晓乐都是他肚子里的蛔虫,自然知道他是因为白禾的事在那儿闹心,便都不和他说话了,朝着急诊门口站着的那些个同事走去。

见守着犯罪嫌疑人的人多,刘剑也就不用操心。他转身,朝着医院外面走去。但他并没想要走远,而是站到了马路边,看着眼前的人来人往与车来车往。从他在屠宰车间家属院四楼将小小的白禾抱出来的那天开始,白禾就成为他生命中的一部分,是他从刚迈向成年开始就选择肩负上的一份责任。这些年,他也颇为欣慰,觉得自己并没有辜负自己一度想要肩负的这份责任。白禾面对他时那无邪的笑容,总是让他心头一暖。可是,到今天,他突然间发现自己努力为对方所铺垫出来的美好世界,翻开来后,居然满是层层叠叠的污垢,让他看不清楚那污垢深处,到底是有何种关系,又有何种交易存在着……

刘剑拿出手机,翻出了他爸的号码。他的手指放在拨出键上,抬手,将话筒放到耳边……最终,他又放下。他想了想,又翻出了未婚妻汪小涵的号码。一想,汪小涵这会儿应该还没下班。所以最终,他也还是没有拨打出去。

突然间,他又想到,或许,自己不需要琢磨接下来对于白禾的安排。不是还有贺清明吗?贺清明和自己一样,对白禾的爱是厚重且真挚的。且贺清明也和自己一样,对人对事很负责。甚至可以说,贺清明本就是一个对刘剑来说,相对放心也靠谱的人。

想到这儿,刘剑将手里的烟头掐灭,放到了旁边垃圾桶上面的烟灰盒里。他抬手,揉了揉自己那满是胡茬的大脸,自顾自地笑了笑。他再次看人来人往,看车来车往,最终扭头，朝着急诊室那边狠狠地看了一眼。

刘猛是根硬骨头，对于他们专案组来说，会是一场硬仗。刘剑对这加入刑警队后接手的第一个案子可不能掉链子。想到这儿，他咬了咬嘴唇，扭头往医院里面走去。

刘猛是在晚饭后六点五十被推出急诊室，送入病房的。因为有市局刑警队的人在，所以给刘猛安排了一间过道最里面的病房。一般来说，医院的急诊都是在一楼，方便应付紧急情况。所以，这属于急诊室的病房，也是在一楼。刑警队的人对这市人民医院急诊室的病房还挺熟悉，毕竟每次只要有紧急警情，出现了犯罪嫌疑人受伤的情况，就会用到这个病房。而且这个病房不小，有两个床，都是铁架子床。把犯罪嫌疑人的右手往铁架子上一铐，就还算省心。另外一个床上留一个同事看着，能靠能躺，也没那么辛苦。

沈晓乐就过去开始游说当班的医生，无非就是提出要求，现在就想审一下这个嫌疑人。医生的职业操守是救死扶伤，尽量照顾好病人，保证病人能够休息好。但并不意味着他们就不能是一个疾恶如仇的人。这医生听沈晓乐解释了几句，就点了头，说："去审吧，反正也没什么大碍。目前唯一没什么底的，就是这么个摔法摔下来，怎么都会有点脑震荡，严不严重，得明天照个片子。"

沈晓乐扭头过来，对薛铁锤招手："能审，进去吧。"

刘剑也连忙跟上，要往里走。薛铁锤就抬手拦他，也不说话。

刘剑白了他一眼，骂了句："毛病真多。"说完就回到了走廊的长椅上坐下，气鼓鼓的。不过，这也不能怪沈晓乐他们，警队是有纪律的，该要你回避的活儿，自己自觉一点，以后也就说得清楚一些。

所以，刘剑眼巴巴看着沈、薛两人进了刘猛的病房。旁边另一个刑警就往刘剑嘴里塞了根烟，说："人也逮了，审完后明天上午往看守所一送，这案子也就告一段落了，你再回家好好处理自己家里的事去。"

刘剑"嗯"了一声，点烟。但又忍不住朝着刘猛那病房里看。看了一会儿，见里面没任何动静，他心里就想：这个王八蛋是老油条，估计很难审。又想：这种老油条，这几年也见得多，一般只要开始审，第一件事就是要烟抽，第二件事就是提要求，比如要喝水吃肉之类的。

正寻思着，那病房门就开了，薛铁锤探头出来："刘剑，去外面买两个肉夹馍过来，这家伙说饿得说不出话了。"

刘剑骂了句娘，乖乖地出去买了吃食，给递了进去。又过了十几分钟，薛铁锤的脑袋又探出来了，说："刘剑，你进来一下。这家伙说你不在，他不说话。"

刘剑没好气，站起来，往里边走。可走了几步后，刘剑就猜到了对方看到自己会说什么话，一定是说他和白禾之间如何如何，并以此来要挟自己。

意识到这一点后，他就止了步子，捏着自己的鼻子，对着病房那边大声喊："刘剑回局里了，他要回避。"

薛铁锤自然明白他的意思，冲他笑了一下，反手把那门又关上。刘剑把话说完，便径直转身，朝着走廊另一边的门走去。他选择避开，免得待在那心里痒痒。

出了门，心里的乱麻又开始挠人了。于是，他做了一件让他后悔终身的事，也就是因为这个举动，令他在接下来的这个夜晚，整个人生一下子被撕裂成了无数碎片……

他拿起电话，打给了汪小涵，要汪小涵去紫玉山庄小区的4栋401房，那是贺清明的家。他告诉汪小涵，白禾今天晚上住在那里，让她去陪一下。末了，刘剑说："你带点你们女孩子需要用的东西过去吧，我忙完后，明天早上过去接你们。"

汪小涵在话筒那头说："好吧，我也确实要多和她亲近亲近，以后是自己亲妹了。"

挂了电话，刘剑又把贺清明和白禾的手机号码都发给了汪小涵。也就是说，他亲手将生命中真正想要与其一起过一辈子的女孩，送去了一个没有任何人真正了解过的世界。在那个世界里，住着一个穿着白色连衣裙、脸上挂着无邪笑容的女孩。而女孩一转身，脸上便是恶魔般的狰狞狂啸。

晚上八点，薛铁锤和沈晓乐与刘猛的第一次交锋，以失败告终。刘猛倒也直接，说："配合你们警方，倒也无所谓。反正你们查起来的话，我屁股后面的屎太多，坐实任何一件，我都逃不出你们的手掌心。既然如此，那就让我也好好养下伤，总不能让我身心俱碎吧？"

薛铁锤很生气，倒不是因为刘猛这话的问题。因为刘猛说得没毛病，他目前有伤，盯着他审，算是违规。薛铁锤生气的是这王八蛋到了这节骨眼上了，居然还有心情说出了"身心俱碎"这种话，说明他完全没把自己落网这事当回事。

"不把这刘猛给收拾好的话,对不住我家这三代从警的威名。"薛铁锤挥舞着拳头说道,一抬头,看到刘剑和沈晓乐都看着自己,他就咧嘴笑了,"得!说漏了,我们弟兄三人,都是三代从警的威名。"

确实如此,他们仨的爷爷和爸爸,都是警察。

于是他们又给领导打电话汇报,说目前突击审了一次,没收获。局里倒也没施压,说那就让他养着吧,明天早上做完检查,确定没事了后,再直接带回局里来。薛局还说:"目前我们收集回来的资料,也基本上可以确定,能把这刘猛定罪送到中院去,不出意外的话,死刑没跑。你们也不需要着急撬开他的嘴巴了,该回来的回来,该回家睡觉的就回家睡觉,留两三个人看着就可以了。"

所以,今晚上就不需要那么多人待在这儿耗着了,只留了一个刑警和两个辅警守这个通宵班。刘剑本来想留下,可薛铁锤数落了他,说目前在这节骨眼上,需要的是冷静,需要情绪稳定,说完便扯着他出了医院。这时,是晚上九点整。

既然出了医院,那他今晚上其实就闲下来了,可以直接去贺清明那儿寻白禾。可是思前想后,又不知道自己到了白禾面前,到底应该说些什么,做些什么。甚至他还压根无法接受今天下午所目睹的一切,无法接受自己天真无邪的妹妹和社会人刘猛之间有着什么瓜葛。又一想,薛铁锤说得没错,作为一个刑警,情绪稳定是非常重要的,什么时候都必须清楚自己是在做些什么。

于是,他就要开车的沈晓乐把他送到了新开发区,也没说自己要去哪里，就要下车。沈晓乐就问他："你不回油田吗？"顿了顿，又说："不回去也好，目前情况也不明朗，别在这个气头上去面对你妹妹，免得冤枉了人家。"

坐在他旁边的薛铁锤也想要说话，可沈晓乐连忙瞪了他一眼。刘剑留意到了这个细节，但压根就没往深处去想。他将沈晓乐的眼神理解为沈晓乐不要薛铁锤这毛毛躁躁的糙人胡乱开口，免得说错话。

可实际上，沈晓乐和薛铁锤确实有事瞒着刘剑。病房里的刘猛并不是什么都没说，在他要求刘剑进来，可沈和薛说刘剑不在后，刘猛说："我做的一切，都是为了他家的小妹妹，所以，他刘剑心里必须有点数。"

沈晓乐和薛铁锤认为他这是放屁，放了一个不能让刘剑知道的臭屁。

晚上九点二十分，刘剑下了车。他一个人，叼着烟，开始朝着紫玉山庄小区走去。新开发区的路都挺宽，人却不多。若干已竣工和还没竣工的楼房，安安静静地伫立在这夜色中。道路两边的路灯光线柔和。五月的南陆市，天气很好，不冷不热的。刘剑深吸一口气，觉得舒服。他继续往前，一步一步走着，孑然一身。

刘剑过往的二十六年人生，都是热热闹闹过完的。他出生在满是熟人组成的国营大厂里，打小就有很多玩伴，一起长大。成年后，又进入警校，结交了薛铁锤、沈晓乐这些好兄弟。就算是在水库警务室里待着的那两年，也有耿老爷和他在一起。护厂队的兄弟们，还会隔三岔五过去找他玩。所以，对于刘剑来说，像今晚这样，一个人在空空荡荡的街上默默前行的机会，很少很少。

只是，刘剑并不会预估到，这晚之后，自己的余生都将和此时一样，独自前行。他即将失去身边最亲密的人，且是他所有最亲密的人。他的人生也将迎来一个持续的低谷，这低谷是漫长的，直接占据了他人生最为宝贵的所有年月。而这一切的始作俑者，是他无论如何也想象不到的一个人。如若他知道这始作俑者是谁，那么，在八年前的那个夜晚，他还会义无反顾地冲进屠宰车间家属院四楼的那个房间，将那个失魂落魄的女孩一把抱出来吗？

有些人，生来就是为了承担责任的；而另一些人，生来就是为了成为别人的责任的。刘剑这种人，就算事先知道某些责任自己无法肩负，也依旧会义无反顾地挺身而出。

2002年5月20日晚上九点半，刘剑一个人，默默走进了紫玉山庄，他站在4栋楼下，看到了楼上那亮着的灯。那灯光将房里的人影，映射到了窗帘上。刘剑隐隐约约能够分辨出那是白禾，或者是汪小涵。

他并不是一个优柔寡断的人，一路来风风火火，没有停歇。他想要直接上楼，可又总觉得此刻上楼太过冒失。因为他不能保证自己的情绪会不会爆发，不能保证自己会不会发火和咆哮。但真相，目前并未揭晓。在刘猛没有交代一切之前，他不希望自己带着情绪，带着怀疑，出现在白禾面前。

他也想给贺清明打个电话，但同样，他也不知道应该对贺清明说些什么。案子在节骨眼上，不能随便对人透露什么。再说了，只要过了今晚，明天将刘猛带回市局，一切就算真正告一段落了。

还是等明天再说吧……

他摇了摇头，转身。

之后的很多年里，刘剑无数次梦到2002年5月20日的这个夜晚。那梦中，有另一个他站在一个分岔路口。那个年轻的他面前有无数个路口，每一条路的前方，都有光明和鲜花。可他却站在唯一一条漆黑的道路跟前，面朝远方。然后，梦中的刘剑发现自己并不能驾驭这个站在分岔路口上的自己，而只是身处高处，鸟瞰路口上那个还年轻的刘剑。他声嘶力竭，呕心沥血，想要让年轻的刘剑放弃漆黑的前方，去选择其他的路，任何一条都可以。可年轻的刘剑听不到，也听不懂。

梦中的他，看着年轻的刘剑拿出一根香烟，点上，再次回头，看了身后紫玉山庄4栋那亮着灯的房间一眼。最终，他在这条漆黑的道路上，迈步往前了。

2002年5月20日晚九点五十分，刘剑走出了紫玉山庄。

他走了很远，才遇到一辆出租车。他没选择回家，因为他同样不知道自己应该如何面对刘长春。他还并不想把今天看到的一切告诉他的父亲。于是，他给刘长春发了个信息："白禾今晚和我在一起。"

他要出租车司机将车开回市局。

也就是他在紫玉山庄4栋楼下的这一次转身，让他与他的汪小涵天人永隔。而他与他的妹妹白禾，从此也将成为陌路。他的父亲——那个守护了南陆油田一辈子的刘长春，也将永远地倒在油田以外的世界。

2002年5月21日凌晨三点四十二分,在刑警队提审室旁边的宿舍里睡觉的刘剑等人被叫醒。之后的半个小时里,大量的警务人员,从各自家里赶回市局,半个大楼都亮了灯。四海机械厂特大凶杀案犯罪嫌疑人刘猛,于凌晨三点十分左右,挣脱了手铐,并用旁边放着的一双竹制的筷子,突然袭击了守在旁边的警员陈乐平,致该警员重伤。出去买消夜的两位辅警,在三点二十分左右回到医院时,发现病房的厕所最上方的排气扇已经被拆了下来,旁边的玻璃也被破坏,刘猛应该是从这个位置钻了出去,并逃离了医院。辅警第一时间向市局汇报,并协助医院的医生们将警员陈乐平送入了手术室进行抢救。三点二十七分,医生们宣布抢救失败,警员陈乐平牺牲。之后,警方对病房进行现场勘察,初步判断,刘猛是将自己被铐在铁架床上的左手的大拇指硬生生掰断了,才成功挣脱了束缚。

三点五十八分,南陆市武警支队派过来增援抓捕特大凶杀案犯罪嫌疑人刘猛的武警官兵,也赶到了南陆市公安局门口集结。各分局、派出所、警务室也都收到了通告,被告知这是一个极度危险的杀人犯,手里最起码有四条人命。刘剑和薛铁锤、沈晓乐也被编入了抓捕队伍中的一个小队,紧急赶赴市人民医院所处的城区,并开始以医院为圆心,往外进行地毯式搜捕。

四点四十分,市人民医院隔壁街有人打电话报案,一个在酒吧工作凌晨下班的市民,在四点左右被人突袭打晕。醒来后,他发现自己的外套和裤子都不见了,手机和现金也都不翼而飞。该市民报案后两分钟，就有四名刑警和十几名全副武装带着枪的武警赶到了他所处的位置，把他吓了一大跳。在快速问询后，初步判断袭击他的人就是四海机械厂特大凶杀案犯罪嫌疑人刘猛。也就是说，此刻的刘猛，已经换上了一条深蓝色牛仔裤和一件黑色夹克，离开了市人民医院附近。

紧接着，市局连忙将被抢走的手机进行监控，发现该手机在四点十四分左右，打出了两个电话。第一个电话是打给了刘猛的家里，接电话的人是他那年迈的老妈。警方希望知道刘猛对他妈妈说了什么。老人支支吾吾，说得很含糊，然后就开始泣不成声，完全无法进行沟通。

而第二个电话，是一个手机号码。那个号码段刚启用不久，所以，应该是个新开的手机号。警方打过去，并没有人接听。可犯罪嫌疑人刘猛在四点十六分打过去时，他们有三分十二秒的通话。结束通话后，这个被刘猛抢夺走的手机就没有动静了。市局的技术人员在移动公司员工的协助下，很快在附近找到了这部手机。也就是说，狡猾的刘猛在打完电话后，直接将这部手机丢弃了。

抓捕在清晨的南陆市里继续着，而刘猛拨打出去的第二个号码，也被市局锁定。可当时的技术和现在还没法比，那时候也并不需要实名购买电话卡，所以，一时半会儿也查不出到底是什么人在用这个号码。尽管如此，市局还是将这一警情通告给了专案组里的刑警。而这些刑警里，就有刘剑。而刘剑在看到这个号码后，倒吸了一口冷气，因为这个号码，居然是他的妹妹白禾的号码，是贺清明买来送给白禾的那个手机里的卡的号码。也就是说,刘猛从市人民医院逃跑,抢到手机后联系的第二个人,竟然是白禾。

在这同一时间,和刘剑一起在夜晚的南陆市街道上奔忙的薛铁锤,在接收到市局对这一警情的通报后,冷不丁说了一句:"刘猛的车钥匙在我们这里吧?"

沈晓乐一愣:"没有啊,我们在帝豪大酒店逮到他的时候,他身上并没有车钥匙。"

他们的对话,并没有被刘剑听进去。他的脑子里,那时仿佛被人扔了一个炸药包进去,"轰隆"一声,令他已经彻底混乱。他不由自主地往旁边走出了两步,又不由自主地捏紧了拳头。最终,他在纪律与亲情的天平两端,选择了基于后者的对白禾的偏袒。他甚至还抱有一丝希望——刘猛打给白禾,只不过是刘猛对白禾有着某种情愫的缘故。

之后,在对于刘剑的处理报告中,是这样写的:在需要一个警察做出真正与他职责相称的选择时,刑警大队的刘剑选择了向个人情感的偏移……

那个清晨的刘剑,并没有告诉薛铁锤等人,这个号码他是熟悉的。他找了个借口走开,打给了贺清明。可贺清明并没有接电话,因为那一刻的贺清明,正从市火车站出站口,接到了一个和白禾也有着复杂关系的男人——顾文。

刘剑又打给白禾,白禾的手机已经关机了。

最后,他打给汪小涵,可奇怪的是,汪小涵的手机也关机了。要知道,她和刘剑一样,是公检法系统的,组织上要求不能随便关机的。

最终,刘剑打给了刘长春。刘长春接了电话后,劈头盖脸第一句就是问:"你们那边现在怎么样?抓到了吗?有线索吗?"

刘剑说:"爸,你身边没其他人吧?"

刘长春说:"没有,我刚在外面给他们做了些部署,现在一个人在办公室里。"

刘剑说:"爸,你现在能赶紧赶到新开发区的紫玉山庄4栋401去吗?"

刘长春问:"是发生了什么事吗?"

刘剑说:"一时半会儿和你说不清楚,反正你赶紧过去就可以了。我执行完今晚的任务后,就去那里找你们。见面再和你说是什么情况。那是贺清明的家,白禾在那儿,汪小涵也在。"

刘长春是老警察,做事也是直来直去的,对自己这个儿子,自然是无比信任的。再说了,这么多年警察做下来,接任务,不问东问西,本也是职业素养。

于是,刘长春也没多问了。他顿了顿,说:"局里的车都派出去了,我骑自己的摩托车过去吧!"

刘剑说:"你路上小心点。"

刘长春说:"好。"

至此,父子俩,阴阳两隔。

5.缩在禁闭室里的男人

刘长春的尸体是在2002年5月21日清晨六点十五被发现的。当时紫玉山庄的保安们听到巨大的撞击声后,连忙跑出了小区的保安室。只见紫玉山庄外的地上，躺着一个穿着警服的男人。于是，他们第一时间拨打了报案电话，警方也在第一时间赶到。因为是在新开发区，配套的天网监控系统已经开始使用。所以，警方快速调取出了附近的摄像头画面，发现是一辆进口的马自达在清晨五点五十五分抵达了紫玉山庄外的路边。紧接着，从驾驶位走出一个穿着白色裙子的女性，她左右环顾，似乎是在等人。五点五十七分，一个穿着黑色上衣的男性从后面的花圃里弯着腰钻了出来，他俩开始交谈。这时，从前方马路上，一个穿着警服的男人骑着摩托车出现。

黑衣男性快速坐上了驾驶位，白裙女性也上了车。那名骑摩托车的警察似乎是看到了什么，他将摩托车往旁边一扔，快步朝着车前跑了过来。但这时，汽车发动了，那强光照射处，穿着警服的男人双手伸开，做出拦截的手势。但汽车并没有停下，而是加速朝他冲了过去。

穿着警服的男子被撞得飞到了半空。接着，汽车驶过，穿警服的男子脖子朝下摔落……

死者的身份被确定，为南陆市公安局油田分局局长刘长春。

刘剑的妈妈是得癌症去世的，脑癌，从被发现到离世，也就三个多月时间。当时刘剑不大，还在上小学。他左边袖子上戴着一截黑色的纱套，跟在他爸爸刘长春屁股后面，捧着骨灰盒，走出了市火葬场的大门。当时，油田领导给安排了一辆28座的客车，一干亲戚和同事们，坐在车上。从火葬场往油田的路上，刘剑紧紧挨着他爸。父子俩面无表情，看着窗外那持续往后倒退的雪景。

刘剑说："我想妈妈。"

刘长春说："想有什么用？她走了。"

刘剑说："我有个同学的妈妈也走了，他说他爸爸告诉他，妈妈是去了一个很远的地方，在那里等他。"

刘长春说："那是他爸爸扯淡，骗他的。走了就是走了，咱不能自欺欺人。"他苦笑了一下，抬手搭到了刘剑的肩膀上，继续道："你妈走了，嗯，就是死了。以后，你这臭小子就和我相依为命吧。到以后，我也会死，所以你小子得早点结婚生孩子。那么到我走的时候，你身边就有你自己的媳妇、孩子在，你就不会太过悲伤，因为有人陪着，对吧？就像你妈走了，我身边还有你一样。"

刘剑想了想，说："好，我知道了。"他扭了扭肩膀，将他爸搭在他肩膀上的手挪开说："爸，你也别弄得这么肉麻，动手动脚的，我不习惯。"

刘长春哈哈大笑。

刘长春，1945年生人。在他十六岁时跟随父母参加全国油田会战，从大庆油田举家迁到南陆市。十八岁参加工作，进入南陆油田邮电局保卫科。两年后，调到南陆油田派出所。他从一个基层民警干起，到成为油田派出所副所长、所长。再到油田派出所升级，担任油田分局局长。到他牺牲的2002年，五十七岁。实际上，他已经偷偷给市局领导提过两次想要提前退休的事了。因为，几十年的警察生涯让他落下了一堆职业病，苦不堪言。可市局找不到人接他的班，警力紧张是全国公安系统都头大的问题，更别说南陆市这种发展得并不是很好的中部城市了。所以，市局领导便对他说："老刘，就算我们批了你的退休申请，紧接着也会要求把你返聘回来，继续工作。到那会儿，你难道还能厚着脸皮拒绝不成？"

刘长春想想也是，他一辈子当警察，对组织上的命令的服从，已经成为他骨子深处的惯性了。

2002年5月21日清晨，接到南陆市公安局刑警大队刑警刘剑偷偷提供的线索后，刘长春独自骑着摩托车，从油田赶到了新开发区的紫玉山庄。在紫玉山庄门口，他恰巧看到了将逃犯的车开到了路边的白禾，也看到了白禾与疑似逃犯的人进行交谈。当时，他毫不犹豫地冲向了逃犯刘猛，并企图阻止他离开。

最终，刘猛驱车将刘长春撞倒，刘长春当场死亡。

从更多监控中调取出来的画面显示，从帝豪大酒店将刘猛那辆进口马自达开到新开发区的，正是白禾。而教她摸方向盘开车的人，是刘剑，以及刘长春自己。

汪小涵的尸体，在2002年5月21日八点十五分被发现。她身上穿着睡衣，面朝下死在紫玉山庄小区4栋401房客厅的沙发上。那沙发上，铺了毯子。原本盖在她身上的被子落在地上，上面都是血，说明她是睡在沙发上遇害的。她的致命伤口在胸部，凶手用的是一把水果刀，径直插入了她的心脏位置。血流到了沙发上，流到了地上，也流到了地上的那个属于她的手机上。手机是关机的，后来市局的技术人员应刑警队刘剑的要求，对那手机进行了技术分析。关机键上，有一枚非常明显的指纹被提取出来，与白禾的指纹完全匹配。而白禾的指纹之所以在数据库里有存档，是因为八年前她家里遭遇变故时，警方对其进行了提取和保留。至于凶器上提取的指纹，显示杀人者是刘猛。

也就是说，刘猛在五点前就到了紫玉山庄，并顺利进入了4栋401房，用水果刀将睡梦中的汪小涵杀死，并快速逃离。紧接着，他躲在紫玉山庄小区外的花圃里，等到了将他的马自达从帝豪大酒店开过来的白禾。他们进行了简短交流后，正要上车。这时，赶到的刘长春试图阻止，遭遇不幸。

刘剑认识汪小涵，是在1994年8月底的那个中午。那天，刘长春本来要送刘剑去省城的，可刘剑没答应。刘长春说："别人家的孩子去上学，都要父母送，到你这逆子，就不愿意顺我意。"

刘剑说："人家的孩子是去读大学学知识，你家儿子是去学本事，回来保护人，不一样。"

刘长春哈哈大笑。

那天，白禾穿着一件蓝色的连衣裙，这是派出所的宋姨给她买的，说是要新学期开学那天穿去学校。可白禾今天早上起来就找出来穿上，说是要穿给刘剑哥哥看。她穿着这蓝色的连衣裙，站在刘剑身边，抬头看着刘剑，说："哥哥，那我可以去送你吗？"

刘剑说："谁都不能送。不过，哥哥没事的时候，就回来看白禾就是了。"

白禾笑了，伸出手，翘着小指，和刘剑拉钩。

刘剑一个人坐着汽车到省城，出了汽车站。汽车站外有各个学校来接新生的，都拉着横幅，上面写着"某某学校欢迎新同学报到"。

刘剑便在横幅间寻找，没找到警校的横幅。他一想觉得也是，哪有未来的警察，还跟那些祖国的花朵一般，需要人来接送呢？

正寻思到这儿，就有人喊他："喂，你是警校的吧？"

刘剑循声望过去，是一个穿牛仔裤的长腿女生在喊话。刘剑点头，那女生又说："过来集合。"

刘剑背着背包就过去了，见那女生身后还站了一个和他一样背着背包的黝黑大个儿，有点眼熟，好像是和自己坐同一个班车过来的。长腿女生说："我叫汪小涵，是你们同学，提前两天到的，所以，被学校安排来接后面的新生。"

刘剑问："那你是怎么看出我是警校新生的？"

汪小涵说："我瞎蒙的。"

他身后那个背着包的黝黑大个儿就插话："她不是蒙的，她住在我们南陆市公检法大院，穿开裆裤时候就认识她。"

汪小涵说："那时候你自己还整天光屁股呢。"

刘剑就连忙冲他们伸手："我叫刘剑，也是南陆的，我爸是油田派出所的刘长春。"

黝黑大个儿说："我姓薛，你叫我铁锤就是了。"

刘剑说："你就是薛铁锤啊？前些天薛伯伯还跟我说到你，说你也在这一届新生里。"

说到这儿,旁边跑来一个平头白净男生,手里拿着几根冰棍,见到刘剑,就给他递冰棍,说:"你也是新生吧,来,吃冰棍。"

　　刘剑摇头,说:"我不喜欢吃冰棍。"

　　平头男生也不勉强,咧嘴笑,又拿冰棍递给汪小涵,说:"小涵,吃冰棍。"

　　汪小涵说:"巧了,我也不喜欢吃冰棍。"

　　黝黑的薛铁锤就说:"没关系,我喜欢吃。"他接过冰棍后,把平头男生上下打量了一下,问:"你是沈晓乐吗?沈叔叔的儿子?"

　　平头男生正是沈晓乐,他也咧嘴笑了:"我早就认出你了,小时候你也没长得这么难看啊,现在怎么黑成这样了?"

　　四人一下就觉得亲近了不少。因为汪小涵的爸爸是南陆市法院的,也住在公检法大院里。四个人互相看对方,最后一起笑。他们充满着好奇的警校生活,目前看起来,并不会那么枯燥与孤单。

　　薛铁锤说:"走,我们去学校。"

　　汪小涵说:"不行,得留两个人在这儿接新生。你们先过去报到吧。"

　　刘剑说:"那这样的话,我就和小涵同学留下来吧,你们俩先去学校。"

　　薛铁锤和沈晓乐应了一声,走了。刘剑和汪小涵对视了一眼,脸上就都挂了笑。莫名地,刘剑觉得脸上有一点点发烫。

因为,他觉得汪小涵长得很好看。

而一切的一切,终结在2002年5月21日的早晨。

5月21日下午,刘剑因为隐瞒重要警情,被薛铁锤和沈晓乐送去了禁闭室。在关上那扇门时,薛铁锤咬了咬牙,告诉刘剑:"其实,昨晚上刘猛并不是什么都没说。他告诉我们,他本来还要帮人再杀一个女人的,可惜还没去杀……"

薛铁锤顿了顿,叹了口气,继续道:"目前看来,他当时说的要杀的人,就是汪小涵。而他要帮的人,很可能……很可能是白禾。"

刘剑捂着头,缓缓蹲了下去。

顾文：我有我解决问题的方法

1.不能让他死得痛快

因为买票买得急，顾文只买到了站票。他上了火车，挤到了两节车厢之间的过道位置，挨着门，坐到了自己那小小的帆布包上。

从1997年离开南陆至今，已经五年了。这五年里，他用一张花四十块钱在街头找人办的假身份证，在南方一座小城市里打了半年零工。后来，机缘巧合，跟了人家的工程队，开始在工地里干活。他个子不高，瘦，但话少，会来事，也不讲究吃穿，毛病不多。所以，工头毛大海就一直带着他。那几年，南方房子建得多，所以他们施工队也一直没闲下来过。从一个工地到另一个工地，从一个城市到另一个城市。顾文跟着施工队，见识了很多荒凉地界的变化。那楼房，一层一层叠高，一栋一栋伫立，最终，都成为这繁华城市中的一部分。而这一部分的缔造者——顾文这种普通建筑工人，却没有机会成为这一座座城市中的一员。

又或者别人可能有，而顾文是肯定没有的。他很清楚自己是一个什么人，他是一个逃犯。他也很清楚自己以后的结局是什么：终有一天，他会被抓捕归案，然后被执行死刑。他就是想着，在被执行死刑之前，能看看更多的世界，就可以了。

工头毛大海走南闯北很多年，见过的人据他自己说，没有十万，也有八万八。顾文那张身份证，给他瞟一眼就能看出是假的，只不过他从来没有问过而已。有一年过年，工地上剩十几个人没回家，在工地过年。大家都喝了酒，一起打牌，看《春节联欢晚会》。毛大海就问顾文："你就没想过以后找个媳妇成个家吗？"

顾文说："哥，我不合适结婚，因为我……"

毛大海是走南闯北的人，连忙挥手，示意顾文不要继续讲了，他也不想知道。他递了一根烟给顾文，说："之后有机会的话，我给你留意一个身份，不过要花钱。嗯，你小子应该也存了点钱，够买个身份下来。到时候，有身份了，就可以找个婆娘，成个家。"

顾文说："不了，我也不想要什么身份，也不想成家，因为以后我还是要回去的。回去后，我的路就能很顺了，我自己都不用操心的。"他说的"很顺"，意思是只要自己回到南陆市，就很可能被抓捕归案，然后被判刑处决。这个过程，自然很顺，没有什么弯弯绕绕。

毛大海讨了个没趣，但还是不甘心，又问："那你……你小子就没有想过要女人吗？"

顾文脸红了，说："哥，我不想……"

"不想才怪，我又不是没看见过你床底下的那一团团纸巾。"毛大海不想搭理他了，咳了一下，有一口浓痰，就站起来往工棚外走去。

顾文低下了头想：女人，嗯……

他又想起白璐……

他闭上了眼睛。这是他心底深处一块顽疾一般的烙印，每每触及，就无比惶恐。悔恨和自责瞬间腾空，张牙舞爪，将他整个身体都紧紧攥住，让他无法动弹。

顾文一直清楚自己并不是一个与众不同的人，曾经，他觉得就这样平凡着吧——作为油田里的一员，念书，就业，然后和他那打小就两情相悦的小女孩结婚，生孩子。

可是……他觉得自己并没有做错什么，白璐也没有做错什么，就这样被动地，他和白璐的人生，莫名其妙地被别人给颠覆改写了。两个互生情愫的小人儿，甚至还没有让任何人知道他们的小小秘密，就要开始接受命运给予的颠沛流离。

嗯，也不是没有任何人知道他们的秘密，还是有的。那个人，就是白禾。

又是五年过去了，白禾这小丫头应该也是个小大人的模样了。她打小就长得和她姐姐很像，或许，现在更是一个复制的小白璐吧？想到这儿，靠在火车门上的顾文嘴角上扬了。他看了看自己脚上的鞋，有点脏，也很旧了。他寻思着，回到南陆后，就要赶紧去买双新鞋，还有裤子和上衣，也都要买新的。对了，可能还要去理个发。然后，让贺清明带自己去和白禾见上一面。不过，只能躲着见，也就是自己可以看到白禾，但是别让白禾看到自己的那种见面。

紧接着，他又自嘲地笑了笑。既然不让白禾见到自己，那么，给自己收拾整理一番，好像并没有什么意义吧？好吧！就算如此，也要有一个体体面面的样子，谁让自己是白禾的顾文哥哥呢？

想到白禾，他又有了一点点担心。电话里贺清明说得很简短，说白禾有点事。什么事呢？大不大？严不严重？管它呢，只要她人还好好的，就可以了。再说，有刘剑和贺清明在，不可能让小小的白禾受什么苦的。就算是真有什么他们俩也解决不了的事，那不是还有我顾文吗？顾文有属于自己的做事与处理事的方法，可以很直接，也可以很彻底。大不了……大不了让妨碍白禾的人，于这人世间消失，不就可以了吗？

想到这儿，他便不想再琢磨这些琐事了。他不是一个很聪明的人，想不清楚很多事，也没兴趣去想清楚。他侧过身子，靠到了过道的车厢壁上。他抬头，透过车窗那块狭小的玻璃，看外面飞驰着的世界。

终究，他只是小小的油田里的一个小小的小孩。他所看到的世界，本就只有那么小小的一块。经年累月，他经历再多，却始终无法从中总结经验与吸取教训。他依旧自卑，也依旧顽劣，和最初那个偷偷去白璐和白禾家的少年一样，从未改变。

2002年5月21日清晨四点二十五分，绿皮火车抵达了南陆市。顾文将鸭舌帽戴上，提起帆布包，出车门，踏上站台。他深吸一口气，中原地区干燥的空气，让他觉得非常亲切。他左右看看，站台上没几个人影，更别说戴着大盖帽的人了。接着，他开始朝着出站口走。一步，两步……到那出站口，检票口有一个乘警在。顾文犹豫了一下，最终，他咬了咬牙，拿着手里的车票，大步走了过去。

乘警并没有留意他，相反，他正在和旁边的一个人聊着天，似乎还聊得挺开心。顾文过了检票口，加快了步子往前。没想到的是身后一个声音响起，喊的是他假身份证上的名字："文小军！"

顾文愣了一下，犹豫着要不要回头。因为声音正是从那个戴着大盖帽的乘警的方向传来的。最终，他一咬牙，转身，应了一声。

居然是贺清明，他正和那乘警站在一起。看到顾文后，他就对那乘警寒暄了一句什么，然后大步朝顾文走了过来。

见顾文看他，贺清明小声说了句："没事，没人认识你的。"说完，贺清明接过了顾文肩膀上的背包，领着他朝着火车站外面的停车场走去。他一边走，一边拿出了手机说："还寻思着你会给我打电话呢。"说完这话，他把手机关了机，然后对顾文说："你没手机吧？"

顾文说："有，前些天买了个二手的。"

贺清明说："你也关机吧，我们暂时不和任何人联系，对你而言，会更安全一点。"

顾文不明白为什么关了机就安全。但贺清明这么说，自然有他的道理。贺清明这样做，是因为有一次和刘剑喝酒时，刘剑随口说了一句，只要使用手机，对于警方来说，这使用者就无处遁形。

只不过，也就是在这同一时间，位于市人民医院附近的刘剑，正找机会离开了薛铁锤和沈晓乐身旁，找了个没人的地方，拨打贺清明的电话。而贺清明，因为在火车站接到了顾文，为了顾文的安全，选择了暂时把电话关了机。

世间事，也就是如此阴差阳错。同样，如果顾文的工友没有在报纸上看到那个小框框里的新闻，如果没有南方城市里连绵的阴雨，如果顾文没有临时决定回一趟南陆，那么，贺清明也不会在这时离开家，也不会在这个清晨将手机关了机。

一切的一切，都是最终结果的促成者罢了。

贺清明给顾文订的住处并不是在市中心，而是在火车站往县城去的方向。店名叫丽晶宾馆，就在国道旁边，独门独院。宾馆外面挂了个很大的霓虹灯，上面是"丽晶宾馆"四个大字，下面还亮着四行字，写的是"住宿""澡堂""钓鱼""小卖部"这简单的九个字，将丽晶宾馆的经营范围，展示得清晰直白。实际上，这不过就是占据着某一口鱼塘旁边的一栋自建楼而已，做国道上过往货车司机的生意。自建楼的主人姓许，叫许建军，是南陆市市里人。早些年开游戏厅，靠着游戏机和麻将机赚了点钱，就跑到这郊区买了块宅基地，建了这个他自以为的"别墅"。有了"别墅"后，许建军又将自己的城市户口迁到了乡下，这是因为他当过兵，那时候喜欢看《毛选》，总觉得农村户口才踏实和安全。到成为本乡的一员后，许建军就开始造福地方，结交了一干该乡的名流，包括养猪场的王总、养鸡鸭还养鸽子和鳄鱼的陈总、烧砖厂的顾厂长等人，也参投了一些他们的项目，把最初开游戏机厅赚的钱,亏得没剩多少。乡里的名流们倒也厚道,觉得许建军是个侠义心肠的人,就推举他竞选乡长。许建军骑着摩托车,走家串户,喊这个大哥,喊那个大姐,笑得脸颊都要抽筋了后,最后真的被选上了。只不过,许乡长空有一个头衔和一所豪宅,囊中羞涩,外人不知道而已。

许乡长的儿子许兵却没跟着搬来乡下。因为他在市里上学,所以就一直住在市里。后来实在学不进去东西,连圆周率是个啥都弄不清楚,再加上他爸乡里的事务比较繁忙没空管他,许兵就开始在市里瞎混。他爸以前开游戏厅,认识的人多。这些人,都说自己是看着许兵长大的,喜欢在许兵面前露出一个慈祥和蔼的模样。所以,许兵初二就退了学。往后的这些年,他在这南陆市居然还混得有模有样。这几年他更是养出了两百斤的膘,外号"许猪",跟着青龙城的南霸天,负责财务公司的那些破事。

也就是说,贺清明将顾文直接安排到他好兄弟的家里住下了。那里独门独院,知道的人也少,相对安全。就算许家真知道了这住进来的是谁,他们也会睁一只眼闭一只眼,当不知道。

当然,这一路上两个人也说话,顾文问贺清明:"白禾是遇上什么事了?"

其实,贺清明在早上答应让顾文回来时,是没有一个清晰的想法的,毕竟在当时看来,顾文只是担心白禾而已,让顾文回来看看,也放下心。白禾在青春期有的这些奇奇怪怪的想法和举动,贺清明觉得自己反正都能够兜底。可昨天下午,他本来好好地在青龙城里抽烟喝茶聊天,突然被刘剑叫到帝豪大酒店，经历了那一出无头无尾的事端后，他也变得极其烦躁与不理性。事后，他有检讨。所以，在刘剑等刑警走了后，他也没和白禾说太多，就是害怕自己在脑子发热的情况下，做出一些伤害到白禾的事。在他看来，自己这个妹妹经历的凄苦，实在是太过深重了，他不想让自己也成为加重这些凄苦的那个人。

所以，他将白禾送回了他在紫玉山庄的那个新家。到晚上，刘剑又安排了他的未婚妻汪小涵过去。等她们俩都在屋里了，贺清明就要她们好好休息，然后要走。临走之前，一直一言不发的白禾突然喊了他一声"哥"。贺清明看她，白禾似乎想要说什么，犹豫了一会儿，又说："没事了。"

然后贺清明回家睡了会儿，再赶到火车站接了顾文。顾文问他时，他脑子里也还是凌乱，不知道要怎么对他说，所以摇了摇头，说："你先睡一会儿吧，明天上午再和你说。"实际上，关于要不要对他说、说些什么、只说哪一部分，还是将当下的事全部告诉他，贺清明也没个分寸。再说了，一切也还不是很明朗，目前他所知道的很多事，都有自己猜测的成分在。等到刘剑上午接走了白禾后，再看看怎么说吧。

于是，贺清明将顾文送到这丽晶宾馆的房间里后，自己就先走了。顾文站在窗边，看着贺清明的车开走，便冲了个凉。他带的衣物不多，况且他也并没有真正像样的睡衣。所以，他裹着这宾馆里黄不黄白不白的浴袍，缓缓走到阳台。他将阳台门拉开，看这个他既熟悉又陌生的南陆市。紧接着，他变得非常惶恐，因为他发现自己居然分不清楚南北西东,甚至连自己现在是在油田的哪个方向,也没有个概念。

他苦笑,退回到了房里。他再次吸气,中部城市干燥的空气令他的惶恐得以消退,并恢复平和。在南方这几年,他始终不习惯那湿漉漉的空气,吸到鼻子里后,仿佛将一团浓雾收入。然后,这一千多个日子里,他的胸口就没有通透过,里面有一团黏稠、一团乱麻,错综复杂,理不清楚,也吐不出去。

到这个早晨,他开始意识到,那或许就只是离开家乡的不舍导致的。此刻,驻足在这一方土地后,一切的不适,瞬间瓦解。

他上床,很快入睡,许是因为归家的安全感,许是因为过往一日里实在太过疲倦,一直到"砰砰"两声巨响将他惊醒。

顾文从床上一跃而起,身子快速往他昨晚就开好的阳台门方向去。紧接着,贺清明的声音在外面响起:"开门,是我。"

顾文这才冷静下来,忙走过去。门上有个猫眼,他探头,犹豫着是不是要先看下外面的情况。可紧接着,他开始为自己这个念头而感觉自责,因为他觉得自己不应该有这种念头,尤其是对贺清明——这个在这些年里始终还把他当朋友的人。况且,对顾文来说,贺清明和他也并不只是朋友这么简单。他在这世上唯一的亲人是白禾,而贺清明,是白禾的亲哥哥。

他快速打开了门,贺清明并没有想要进来,而是对顾文说:"收拾东西,和我走,快点。"他的脸色非常不好看,头发有点凌乱。他的衣服领口处有撕裂的痕迹,像是刚和人打了架似的。

顾文愣了一下,但他并没有发问,只是"嗯"了一声。他快步转身,将自己的衣裤穿上,然后拎上了他的那个帆布包,便跟着贺清明往外走去。贺清明也没说话,就下了楼。到一楼,贺清明对着那吧台里的人说了句:"我晚点结账给许猪。"

里面的人没露头,一个老男人的声音应了句:"随便,结不结无所谓。"

贺清明出了门,他的车停在外面。但他并没有上驾驶位,而是拉开了副驾驶位,又扭头对顾文说:"你坐后面。"

顾文意识到,车里应该还有别人。但贺清明的反常,令他也不想过问太多。他迈步上前,拉开后车门,坐了上去。接着,他看到驾驶位上坐着一个个子高大的光头男人。那男人扭头看了自己一眼,和贺清明一样,他也是黑着脸。

"记得我吗?我是铁牛郭连环。"

"记得。"顾文连忙点头,犹豫了一下后,又补了句,"记得你的,叔。"

"叫哥吧,小混蛋也是这么叫。"铁牛将手刹一拉,将车开出了这国道边的院子。"直接去新雨县吗?"铁牛问道。

贺清明"嗯"了一下。

顾文这才开始发问:"哥,这是怎么了?"

贺清明说:"出事了……"他顿了顿,又说:"出了大事,是白禾……白禾出了大事。"

时间回到凌晨五点出头,贺清明驾车从火车站附近的偏僻国道往市里面开。越是进入市中心,越是透着一种古怪。一路上,他看到了好几次警车,且这些警车都没开车灯,停在暗处。隐隐约约地,那警车旁边,又好像都有着人影。在经过市人民医院时,他甚至看到了军绿色的卡车驶过,在绿色的帆布棚下,是戴着头盔挎着枪的武警战士。

他将手机开机,寻思着要不要打个电话给刘剑,问一下这是什么情况。可犹豫了一下,最终还是想着等等吧。在那个年代,关机时如果有人打电话过来,打电话的人会听到机主已关机的提示音。过后,机主开机后,并不会有短信提示在关机的时间里有什么人曾经打电话过来。也就是说,如果你因为关机或者没信号而错过的电话,你是完全不会知情的。所以,在这个早晨的贺清明,压根不知道刘剑曾经打电话给他,更不可能知道在紫玉山庄门口那巨大的撞击声后,有多少人之后的人生轨迹已被彻底改变。

命运在将一个人改变之前,并不会给你任何预示。不过,在那之后,人们会回忆,并若有所思地说:"当时我其实已经发现有很多不对劲的地方了。"

这只能是事后的说法,真正放到当时,谁又能够未卜先知呢?所以,在命运面前,众人都不过是蝼蚁。命运往前奔走,巨大车轮碾过,举起前足的螳螂都成粉末,更别说是比螳螂渺小的蝼蚁了。

接到刑警队打来的电话,是在上午八点四十三分。当时，贺清明正躺在自己青龙城办公室里的沙发上补觉。见是陌生的座机号码，他犹豫了一下要不要接。最终，他按下接听键，"喂"了一声。

对方问："你是贺清明吧？紫玉山庄4栋401的业主。"

贺清明说："是。"

对方又说："我们这里是南陆市公安局刑警一大队，请你现在来一趟我们市公安局。"

当时的贺清明并不知道发生了什么事，所以，他很自然地搪塞了一句："我不在南陆市，等我回去再说吧。"

对方问："你什么时候能回？"

贺清明说："下午两三点吧。我回去后，找时间再去你们市局。"

说完这话，他挂了电话，坐了起来，皱起眉。如果他没记错的话，刘剑不正是被调到了市局的刑警一大队吗？为什么给自己打电话的不是他呢？再说了，如果真是自己有了什么麻烦，那刑警不可能给自己打电话的，而是早就开始布控，直接扑到自己家里或青龙城里来。所以，贺清明认为，市局给自己打电话，并没有重要的正经事。

尽管如此，他还是有点不放心，他翻出了刘剑的号码打过去。电话嘟嘟地响了一阵，没人接。他再打过去一次，还是没人接。贺清明又回想起了凌晨在街上看到的那些异常情况，便开始隐隐察觉出不对劲了。

思前想后，他翻出了毛熊的号码。毛熊就是刘剑的发小，当时和刘剑一起在护厂队。毛熊并没有顺利通过招工进入油田，但因为个子大，所以刘剑央求刘长春把他收到了油田派出所做辅警。之后油田派出所升级后，毛熊的编制问题也解决了，他现在是油田公安分局的一个民警。贺清明和他打过几次交道，也算是认识多年的朋友。现在问他比较合适，毕竟毛熊也不是在市局工作，算是从侧面打听下。

毛熊很快就接了电话。贺清明说："是我，贺清明。"

毛熊说："我知道，我也存了你号码，不过我存的名字是小混蛋。"

贺清明便直接问了："你们公安系统里，昨晚没发生什么重大警情吧？"

毛熊在话筒那头沉默了几秒，最终，他声音压低了，说："我们这儿，确实发生了一些事，而且……和白禾、和刘剑有关。"

"什么事？"贺清明忙追问。

"目前还不方便说，只是……只是……只是刘剑现在已经被铐了，刘局……"毛熊的声音开始变得哽咽起来，"刘局死了。"

贺清明猛地站了起来："那……白禾呢？"

毛熊说："抱歉，我只能对你说这么多了。"说完就不吱声了，在话筒那头大口喘气，应该是在努力克制自己的抽泣。贺清明没管他了，挂了线，紧接着翻出白禾的手机号码打了过去，提示音是关机了。这时，他才发现手机里有两条短信，一条是白禾发来的，时间是七点十五分。贺清明按开，里面就四个字："哥，对不起。"

贺清明的心往下猛地一沉。

另一条短信是刘剑发过来的，是七点十八分。

白禾和刘猛开着车牌为"南C31532"的马自达逃去了新雨县方向，他们杀人了。

贺清明的手机啪的一声掉到了地上，身子一软。

这些年里，贺清明总觉得自己在一天天变得强大。他是南陆市声名显赫的小混蛋，他和他的一帮兄弟在这南陆市里无人敢惹，能办成大部分人不可能办成的事。他也一度以为现在的自己能成为白禾头顶的那一把遮阳伞，而不再是八年前那个站在刘剑家门口，犹豫着要不要敲门喊上对方一起去干打垒缉凶的半大小伙。

他为自己的成长自得过，也一度觉得自己能为白禾那不为人知的跋扈性格兜底。他信誓旦旦，告诉白禾自己能够为对方承担任何事，可此时此刻呢？刘剑的信息，令他感觉命运那巨大到没有边际的车轮，终于朝着自己碾压过来。

贺清明开始意识到，经年累月后，自己居然又回到了八年前那个夜晚，回到了那个在知晓了自己与妹妹们生离死别的时刻已至，却只会手足无措的少年人的躯壳里面。

他嘶吼着蹲下去捡手机，要站起来时却发现双腿无力，身子失去了平衡，差点摔倒。他连忙大口呼吸，用双手搓自己的脸颊。最终，他再次站了起来。他抬步往办公室外面走去，到了电梯厅，按电梯，脑子里一片空白。电梯到一楼，他大步走了出去。可是，此刻的他对于去往哪里，又完全没有方向，没有目的。

这时，他就看见了南霸天，他身后还跟着正义和王百顺两人。南霸天也板着脸，迎着贺清明大步走了过来，开口问："昨晚市里面出了大事，你现在知道多少了？"

贺清明说："是不是……是不是白禾杀了人？"

南霸天点头，他左右看看，早上的青龙城大厅里，人并不多。于是，南霸天扭头看了看正义和王百顺，他俩会意，缓步走到了贺清明身边，一左一右站着。可贺清明这会儿脑子里都一团糨糊了，压根就没留意到这个细节。他盯着南霸天："哥，你又知道多少了？赶紧说给我听。"

南霸天说："刘猛从医院逃出来了，你妹白禾把他的车开去接了他。然后，他俩在逃走的时候，撞死了要拦住他们的油田分局的刘长春局长。现在……"南霸天再次对正义和王百顺使了个眼神，两人又朝着贺清明靠近了一点。

"现在……他们开车逃出了南陆市，据说，他们手里，还不止这一条命案。"南霸天缓缓说道。

正义和王百顺同时伸手，架住了贺清明。南霸天说："小混蛋，接下来你一定要冷静，听哥的安排。我们现在上去，哥来给你从长计议。"

贺清明却已经开始癫狂了起来，他疯狂扭动身体，对着架住他两条手臂的正义和王百顺怒吼："你们干吗？放开我，让我现在出去找我妹。"

他甚至开始瞪眼了："你们给老子松开，别逼我翻脸！"

南霸天也上前了，他一把握住贺清明的手："哥一直把你当亲弟弟看，你听话，按照我的安排来。"

贺清明目眦尽裂，对着南霸天也咆哮起来："滚开！我不要你把我当弟弟看，让我出去，让我出去找我妹！"

南霸天说:"听哥的话。"

贺清明直接抬腿朝着南霸天踹了过去,也是因为有正义和王百顺一左一右架着他,他这一脚踹空了。南霸天也有点恼了:"小混蛋,你不要这样给你脸不要脸了!我们都是为你好。"

"我不要你们对我好,老子本来就是个混蛋,谁惹我我就混蛋给谁看。"贺清明开始对着他左右的正义和王百顺头撞脚踢了。正义和王百顺也是不停地喊:"兄弟,你冷静一下!"

"放开他。"南霸天终于发声了。正义和王百顺愣了下,最终也都松手了。

贺清明得到自由,扭头就朝着青龙城的大门冲去。冲出几步后,他突然愣住了。他转身,面朝三人。

"天哥,"他唤南霸天,"你……你还知道多少,赶紧都告诉我啊。"

"他们朝着新雨县去了,刘猛的妈在新雨县。"他瘪了瘪嘴,似乎此刻才意识到贺清明想要踹自己的事来,"妈的,贺清明你这个小兔崽子,连我也想要踹,要死!"

贺清明说:"好,我知道了。"说完又要转身。

南霸天就急了,追着喊:"事有点大,你别带别的兄弟去,免得到时候我一捞要捞你们一窝!你就唤上铁牛吧。"

贺清明应:"知道了。"

南霸天又说:"刚才我开了你的这辆破车,没啥油了,你先去加个油再过去,免得在国道上没油了。"

贺清明说:"行。"说完就朝着外面自己那辆黑色的桑塔纳大步而去。

南霸天骂道:"王八蛋,果然是个混蛋,连一个谢字都没有!"说完,他转身,将自己的车钥匙掏出来,递给正义和王百顺,并小声叮嘱了几句什么。

正义和王百顺听完后,点了点头,说:"知道了,我们现在就过去。"说完,他俩也出了青龙城。

见他们都走了后,南霸天掏出一根烟点上,嘴里还不忘多嘀咕了一句:"果然是个养不熟的白眼狼。"他一边说着这话,一边拿起手机,翻出个号码打了过去。

"喂!是大圣吧?你现在要不要过来我办公室聊聊?"他对着话筒那头的人如此说道。

贺清明将车开到铁牛郭连环开的那个饭店时,铁牛正在门口踹那扇卷闸门。因为接手的是人家的二手店铺,卷闸门有点老旧,拉上去再拉下来时,经常会有一边卡住,很让人头疼。铁牛就操着家伙,想要找出卡壳的根源,把问题彻底解决掉。可他因为性格太急,干不了太过精细的活。所以,他站门口把这老旧卷闸门给研究了一会儿后,脾气就上来了,开始用蛮力踹那容易卡的位置。实际上那个年代的人,也总是迷信这种所谓的大力出奇迹的可能性。这都是被二十世纪八九十年代的电视机信号给害的,信号不好出雪花点了,大家就拍电视,绝大部分电视机都会一拍就好。至于拍到爆炸的,还真没有听说过。

也就是说,当已经失控状态下的贺清明到了铁牛跟前时,铁牛也正满头青筋鼓起,在那儿发泄他肚子里的不耐烦。贺清明探头喊:"铁牛,上车,跟我走。"

铁牛扭头过来:"什么事?"

贺清明说:"大事。"

铁牛说:"大事也得等我修好这扇门。"

贺清明说:"白禾出事了。"

铁牛转过身来:"她能出多大的事?"

"你怎么这么多废话呢?赶紧上车。"贺清明顿了顿,又说,"她和刘猛跑了,据说还杀了人。"

"操!"铁牛把手里的扳手往地上一扔,却没上车,而是拐向饭店另外那扇开着的门,往里面跑去。两分钟后,他背着一个黑色的长方形包,火急火燎地跑了出来。贺清明自然猜到了那包里放着的是啥,他从车里钻出来,伸手来接包,并说:"你开车,我来放个保险的位置。"

铁牛应了,将黑色的长方形包递给贺清明。贺清明打开他车的后备厢,后备厢最下面是一整块黑色的绒面板。如果不留心的话,是看不出这块绒面板其实是定制好铺上去的。贺清明将绒面板掀开,再将黑色包放到了这后备厢隐藏着的夹层里面去。接着,他又犹豫了一下,从后备厢里翻出两根链条锁。这种锁是那个年代锁三轮车用的那种铁链子锁,锁头是一块圆柱形很结实的铁疙瘩。他拿着这两条链条锁转身上车,坐到了副驾驶位置上。铁牛看了一眼贺清明手里的链条锁,心领神会,问:"现在去哪儿找他们?"

"先开去许猪家的那小宾馆。"贺清明边说边将自己的皮带扯了下来,然后将这条链条锁穿到裤腰上,锁头当了这条铁链裤腰带的皮带扣,一把扣上。这,其实就是那个年代的社会人真正要去动手伤人时，才会用上的物件。毕竟真拿出刀枪棍棒，大部分时候都是为了吓唬人。用那些玩意弄出事被警察逮住后，就得算该条"好汉"在出事之前就有了预谋，有了准备，量刑时候算故意伤害或者故意杀人。而这么一根看似普普通通的链条锁，杀伤力也不小。到最后，被逮起来，还可以睁眼说瞎话，说是买回家锁自行车的，当时头脑一热，就顺便拿出来挥舞了几下。

"白禾在那儿吗？"铁牛皱着眉问道。

"没。"贺清明掏出烟来，自己一根，给铁牛嘴上也塞了一根，"顾文在，就是当年开枪杀了唐老鸭儿子的那个顾文。"

铁牛"嗯"了一声，发动汽车，朝火车站方向开去。

之后，就是顾文被贺清明的踹门弄醒，跟着他下楼上车看到铁牛郭连环的那一幕。汽车开上了国道后，贺清明也就不隐瞒了，将他昨天下午赶到帝豪大酒店遭遇的一切，以及昨晚到今天上午所知晓的消息，给铁牛还有顾文都通了个气。铁牛就开始大声喘了起来，像是一头发怒的公牛。他额头上的青筋鼓起，握着方向盘的手上，肌肉都一条一条成了沟渠，说明这个已经四十好几的壮汉，整个身子都已经绷得很紧了。贺清明并没有正视铁牛的这些异常，因为这些年里，铁牛这个要死了一般的狂躁模样，他见了不是一次两次。用南霸天的话来说，这油田铁牛就是一个炮仗，一点就着；不点吧，他自动着。

贺清明的话，也让坐在后排的顾文心跳加速，并不由自主地捏紧了拳头。到这拳头捏得成形了，他手掌上的肌肤与肌肤就开始互相接触上，并有了触觉。这触觉感受到的，是整个手掌上那层层叠叠的老茧。顾文缓缓注视前面坐着的两个人——很典型的小城社会人的模样，衣着光鲜，气场逼人，能够让一干普通人一看就连忙绕开。而他呢？他顾文呢？这些年里，他始终只是一个连在街上走路，都会选择最边上，也最暗的位置迈步的人。他的邋遢猥琐、衣着褴褛，收获到的是平常人不屑的眼神。实际上，就算是回到多年前他还只是个少年的时代，生活在油田里的他，也总是那么卑微低贱，流浪在油田和干打垒之间，像是一条不起眼的小狗。

于是，坐在后排的顾文清晰地意识到，自己和前排坐着的贺清明以及铁牛，并不是同一号人。他们都是体面人，做什么事要顾及的很多，也无法真正放开手脚去完成他们想要完成的事。而他顾文不一样，他是顾文，是一个面对问题时，总是找不出更好的方法解决问题的一个人。所以，他只会用简单粗暴的方法。比如此刻，他知晓了白禾身边有一个叫作刘猛的男人在，而这个刘猛正是多年前在体育场的那个满脸坏笑的老男人，他甚至已经玷污了那在顾文心目中还只是个小女孩的白禾。

所以，顾文就觉得，自己和贺清明、和铁牛是不一样的。他们要做的，应该只是找到白禾和刘猛就可以了，而他顾文……

他搓了搓手上那层层叠叠的茧……他不想这个叫刘猛的人，死得足够痛快。

2.南霸天的阳谋

坐在副驾驶位置上的贺清明,脑子里同样在快速思考。他给刘剑打了几次电话,都没有人接听。这样看来,刘剑应该是惹上了什么麻烦。接下来,这么冒冒失失地赶到新雨县后,又要如何才能找到刘猛这个老东西呢?这些年,贺清明在南陆市里摸爬滚打,也学会了很多所谓的处世哲学,明白了无利不起早的道理。尽管他一天天变得理性,但在这个早晨,却还是丧失了理智。

说实话,贺清明并不喜欢这种感觉,好像自己被这命运裹挟着,推着往前。但偏偏自己又无可奈何,无法回避,因为事件的当事人是他那遭受了太多太多苦难的妹妹白禾。

贺清明苦笑了一下。他看身旁的铁牛,看后视镜里那表情呆滞的顾文,这两个都是在遇到对白禾不利的事时会真正对人下死手的人。那么,自己呢?自己在这么个节骨眼上,是站在后面运筹帷幄,还是和他们一样,敢于往前呢?

贺清明开始意识到,成长过程中需要习得的东西,就是在这样一次一次的磨炼中,最终修得的真正答案。而这答案不过是一个选择——退后,或是往前……

十岁的白禾那张苍白的脸,在他脑海中浮现……

就在这时,他的电话响起了,一看,是许猪打过来的。他不想接听,因为十有八九又是那些收账或惹麻烦的琐事。没想到按掉后,许猪又再次拨了过来。

贺清明接了:"烦不烦,我有正事。"

许猪说:"我知道你说的事是什么事,我就是要跟你说这事。"

贺清明问："你又知道一些什么？"

许猪说："是天哥告诉你刘猛他们去了新雨县吧？"

"是他。"贺清明犹豫了一下，"也不只是他这么说。"他这说的是刘剑的那条短信。

许猪说："天哥可不只是对你说了，还对唐老鸭说了。"

贺清明听着，倒也不觉得意外，因为这么个好事，对于南霸天来说，抢先告诉四海机械厂的人，就算是他的功劳了一般。唐老鸭在南陆市工商界是个"老人"，南霸天能够和唐老鸭搞好关系，之后可是大有好处的。

于是，贺清明淡淡地说了句："早点让他知道也好。"

许猪在那边沉默了几秒："小混蛋，我们是兄弟吧？"

贺清明说："是。"

许猪说："那我就对你直说吧。唐老鸭租了辆中巴车，领了一些人，也开始往新雨县赶。"

贺清明撇了撇嘴："他们也是要去逮刘猛吧？就算他们真将人逮住了，也还是得交给警方啊。"

"他们不是去逮刘猛的。"许猪再次沉默了几秒，声音压低了，"你旁边的人不能听到你说话吧？"

贺清明有点莫名其妙，他瞟了眼开车的铁牛，又从后视镜看了看顾文，最后很平静、很从容地说了句："不能。"

许猪说："唐老鸭领着人过去，不是要逮刘猛，而是要去劫你。他们的目标，是你现在身边的人。"

贺清明的心往下一沉，唐老鸭真正最恨的人，自然不是刘猛。他的独子是死在顾文手上的,而他对南霸天提出的两个要求中,一个是找出杀死白姓女孩的凶手,而另一个,正是要逮住杀死他独子的顾文。

"好,我知道了。"贺清明语气依旧和平常一样,淡淡地说了这句,就挂了线。他之所以这样做,是不希望此刻坐在车厢里的顾文感觉出什么。同时,他也开始意识到将顾文回了南陆市的消息透露给南霸天的人,只可能是许猪或者许猪的父亲。目前看来,应该是许猪那老不正经的爸漏了风,且应该不是故意的。他了解许猪,也了解许猪他爸。而南霸天这老狐狸,看似粗枝大叶,其实脑子里的弯弯绕绕并不少。这几年里,贺清明和赖总走得挺近,商会里的人,他也都认识不少。关键是身边的这些个兄弟们,都和自己关系够牢靠。于是,南霸天在这青龙城里慢慢变得有点边缘化。没有他,很多事情似乎也没什么变化了。

而今天这个局,如若让唐老鸭领着的人将他这辆车给截住,并在车里抓出了顾文,那么,自己当年是体育场上让顾文动手的幕后人物的嫌疑,就基本上无法消除了。唐老鸭虽然在社会人圈子里影响力不及南霸天,但他多年前就是四海机械厂的厂长,整个南陆市工商圈的人,哪个不会卖他唐厂长几分薄面呢?如果唐老鸭和自己永远站在对立面,那自己就真的永远只能做一个在街面上歪头叼着烟耀武扬威的地痞了。

贺清明咬了咬下嘴唇,将车窗摇了下来。五月的南陆市天气微凉,这微凉的空气进入鼻孔后,让他逐渐冷静下来。或许,他需要开始做一些计划,为接下来可能遭遇的各种变故。

他抬起手来，让窗外的风将他微微湿润的手掌吹干。终于，他开始变得没那么彷徨，并豁然开朗起来……

他贺清明，永远不要变成像南霸天那样的人。不管这世间事如何变化，他也还是需要拥有一丝一缕感性的东西，且不让它泯灭。而这一丝、这一缕，就是一个有血有肉的人所拥有的情和义。

是的，始终还是得做一个有情有义的人吧。

贺清明终于找到了答案。

琢磨明白这一点后，他反而变得没那么纠结了。这时，手机屏幕居然又亮了，是一条短信，发信人是南霸天。贺清明点开，里面显示："新雨县老万子步行街34号纯纯牛仔，这是他妈家。"

贺清明自然明白这里说的这个"他"是刘猛无疑。可在这么个节骨眼上，刘猛真的会回到新雨县他妈妈的家里吗？

他将手掌转了转，让冷风继续吹着手上的汗……

刘猛应该不会傻到回一趟家的——贺清明是这么认为的。所以，贺清明决定，没必要领着顾文和铁牛去往南霸天发来的这个地址。况且，南霸天能告诉自己这个地址，也一定会告诉唐老鸭的。

或许是贺清明的这小心思被南霸天预判到了，他居然直接打电话过来了。贺清明将那伸出车窗的手收回，接了电话："喂，天哥。"

南霸天说："刚才发给你的地址看到了吧？"

贺清明说："看到了。"

南霸天说："这个地址知道的人很少，因为刘猛他妈妈本来是住在乡下的。所以，警方在定位到他的车开往新雨县后，一定会领着人去乡下抓他。可实际上，刘猛他妈妈今年一直住在我发给你的这个地址，这是没几个人知道的事。"他顿了顿，继续道"所以，你赶过去后，应该能有点收获……嗯，如果他没有第一时间离开这个位置的话。"

贺清明很干脆地应了一声："好！我现在赶过去。"接着，他淡淡地问了一句："天哥，你是怎么知道的？"

南霸天在话筒那头笑："是大圣告诉我的。"

贺清明"嗯"了一声，然后说："那应该比较准确。"

南霸天说："赶紧去吧，应该来得及。"

挂了线，贺清明又开始脑壳痛了。他开始意识到南霸天此时此刻给自己前面挖的这个坑，压根就是一个阳谋。且这个阳谋，对于贺清明来说无解，他没有选择。目前看来，只能去。因为只有找到刘猛，才可以找到白禾。

既然明知道去这个地址可能会遇到四海机械厂的唐老鸭和他带的人，如果真的狭路相逢，要怎么办呢？

贺清明皱起了眉，他可以抱有侥幸，寄希望于四海机械厂的人没有这么快赶到；又或者，他可以将对南霸天人品的信任程度往上抬一抬，假设南霸天并不会真的使出许猪没有说穿的卑劣手段。

就在这时，一张长着酒窝的女人面孔，在他脑海中蹦了出来。对了，新雨县那一块的地头蛇，不正是王慧慧的哥哥王振兴吗？而自己和王慧慧，虽然认识的时间不长，可进度很快，该办的事情都已经办完了啊。

他拿起电话，打到了宏图公司，就是王慧慧给自己打电话的那个座机。座机响了一会儿，没人接。贺清明意识到，刘猛出了这么大的事，这宏图公司怕是已经直接锁门了吧？于是，他又开始翻王慧慧的手机号码，打了过去。

王慧慧很快就接了，还没等贺清明开口说话，王慧慧就在话筒那头说："小混蛋，我们猛子哥出事了你知道吗？杀人了，是真杀人了。"

"我知道。"贺清明应道。

王慧慧又说："你和他不熟吧？不会有什么事扯到你身上吧？"

贺清明说："目前看起来，好像是已经扯到了。"

"啊！"王慧慧应该是张大了嘴，"那你……那你现在赶紧躲起来啊！要不要……要不要去我们乡下，我找个亲戚家让你过去住一段时间。"

贺清明苦笑，在这无比混乱焦躁的一天中，他总算在王慧慧这里收获到了一丝丝欣慰。因为王慧慧的担心，他能感觉得到是真心实意的担心。

他深吸了一口气："没处躲的，目前看来，只能迎上去。"

"那……那你……"王慧慧越发着急了，"你"了好几下后，说，"小混蛋，你不要出什么事啊。"

贺清明说："应该不会的。"

王慧慧说："那就好。"

"不过……"贺清明试探性地停顿了一下。

"不过什么？你说，我在这儿听着呢。"

"不过，我可能需要你哥哥铁匠领几个兄弟过来帮个忙。"贺清明如此说道。

"没问题啊。"王慧慧说，"我哥很听我的话，我就跟他说你是我男朋友，被人欺负了，要他过去帮你打回来。他啊，立马就会赶过去和你会合的。说吧，在哪里？城南还是城北？你赶紧说，我哥他们赶来市区需要时间，我现在就打电话喊他。"

贺清明说："不用来市区，是在下面县里。我们现在在赶去新雨县的路上，新雨县有个老万子步行街，你有没有听说过？我们大概四十分钟后到。"

"我知道那里，你怎么跑到县城里去了？嗯，没问题的，我哥在那块熟，我现在就打电话给他，让他领点人去那条步行街街口等你。我把他电话发给你，你到了就打电话给他就是。"

贺清明说："好嘞！谢……"他这"谢谢你"三个字，最终没有说出口，因为目前看来，王慧慧把自己与他小混蛋贺清明的关系，已经看得非常亲密无间了。那么，他如果说句"谢谢你"，反而会让王慧慧觉得很见外。

"小心点。"末了，王慧慧叮嘱了一句，挂了线。

两三分钟后，王慧慧发了个短信过来，上面是她哥哥铁匠王振兴的电话号码，后面还有一句——他正好在新雨县城外的集市上，现在就过去。

这下贺清明心里略微有了点底了，他给王慧慧回了个"好"字。

到这一切都布置好了，贺清明舒了一口气。铁牛一直没吭声，现在看贺清明好像冷静了下来，就问："都安排妥当了？"

贺清明说："是的。"铁牛这人最大的优点，就是不喜欢打听，只要是他认定的人和事，他就会选择盲从。此刻贺清明这么肯定地回复安排好了，那么在铁牛看来，接下来按照小混蛋的安排行事就可以了。尽管如此，他那两边太阳穴位置上的青筋，还是鼓着，不时大大出一口粗气。看来，本就性格暴躁的他，在目前这情绪上一时半会儿还下不来。

同样不会开口打听细节的人，就是车后排的顾文了。在之前听完了贺清明的描述后，他就一直在暗自琢磨着。不过，他想的不是别人的事，而是在想他自己。他在努力回忆自己十岁以前和自己十七八岁时候的心境。之所以这样，他是在寻求一种对比，琢磨自己在十岁以前的心事，和十七八岁时的心事，有着多大的区别。最终，他发现十岁以前的自己就是这么闷闷的一个人，到十七八岁时候，还是闷闷的。有什么想法，都憋着不吱声，也不去寻求改变，听之任之，才导致了之后那一个让他万分悲伤的惨案的出现。

那么，十岁以前的白禾，和现在十七八岁的白禾，为什么又完全不像是同一个人了呢？记忆中的她，怯生生的模样，缩在她姐姐身后，探出半个头看自己，唤自己"顾文哥哥"。然而八年过后，为什么她会一下变成了杀人者的帮凶呢？甚至杀死的人还是她的养父刘长春。

顾文想：或许，这世界上的人，这世界上的事，都没有绝对吧。每个人都有两面：一面是对自己熟悉的人绽放笑脸，展示的都是美好；另一面却又能够隐藏与收纳阴暗，让所有人都无法察觉，让所有人都感到完全陌生。这般想啊想啊，顾文越发迷糊了。或许，这也是自己始终无法像贺清明一样成为一个真正成熟的男人的原因。因为就算他经历再多事，也无法成长，也无法改变，始终还是一根筋。出现了问题，他依旧是选择回避，选择绕开，不去解决。到真正需要他解决了，他能想到的办法，又只是那么一个简单且直接的办法——让对方永远消失。

顾文望向车窗外，车窗外隐隐约约有一场大雨即将来到。国道周围比较空旷，远处零星的村庄房屋是灰色土地与灰色天空中间并不显眼的点缀。顾文苦笑，他发现，这依旧是一个苍茫之下的世界。

3.老万子步行街

他们出国道，驶入新雨县时，不到上午十一点。今天县城外有集，所以街上人还挺多。贺清明在进县城的路边找了个蹲在那儿抽长烟枪的老汉，许诺给他五十块钱，要老汉上车，领他们去老万子步行街。不过，贺清明也说了："别直接去老万子步行街，引我们去到步行街旁边的街，找个僻静的地方我们停好车，然后自己走过去。"

老汉挺高兴的，将烟枪里的烟灰在旁边的台阶上磕了磕，插到后腰上，拿了贺清明给的二十块钱定金上了车。然后，他就对车里的三人做自我介绍，说："我姓吕，就是吕洞宾的那个吕，你们叫我老吕就可以了。"

铁牛闷哼了一声，扭过头来瞪了这老吕一眼。要知道铁牛这牛高马大的大光头模样，不管瞪谁，谁心里都会发毛。这老吕自然也一样，他缩了缩脖子，说："你们找到我算是找对人了，我对这新雨县大街小巷都很熟。"接着，他又看了铁牛一眼，说："我可是参加过自卫反击战的老兵。"他说这话，是因为被铁牛瞪了一眼后心里有点发毛，所以故意说点什么来给自己壮胆。实际上，他哪里去过越南？他连河南都没出过，当兵的事更是子虚乌有。他这一辈子唯一和军事能搭上边的，就是年轻时中苏交恶那会儿，被村里组织着在打谷场里扔过假手榴弹。

坐在他旁边的顾文就问："那你到底是叫老吕还是老兵？"

老吕便扭头看顾文，只见这小伙瘦瘦的，挺清秀。可他的模样吧，看着总觉得有点奇怪。要知道，这顾文是那种刀条子脸，在工地待了那么久，脸色就有点黝黑。他的五官还很细长，尤其是眼睛。看人的时候，外人看不到他眼睛里的眼白，黑乎乎的仿佛都是瞳孔，没有人气，让人觉得被他这样瞅着，心里瘆得慌。

这时，车也开动了。老吕不由自主地将屁股往车门边挪了挪，自顾自地嘀咕了一句："我家条件挺差的，否则也不会为了这五十块钱就上你们的车。"

贺清明扭头过来："你告诉我们往哪儿开就可以了。问你什么你应一嘴。"

老吕说："好。可是……老板，你答应我的钱，还有三十没给呀。"

"好，这老万子步行街就算只是在前面拐两个弯就到了，我也不会少你的钱的。"贺清明认真地说道。

"那就行。"老吕笑了。

最终，这老万子步行街，也确实不是拐两个弯就到，而是只需要在前面路口右拐一个弯，就能瞅见一块很大的牌坊，上面写着："北京王府井，上海南京路，新雨老万子！"好家伙，这是直接拿新雨县的老万子步行街对标王府井、南京路的架势。因为这五十块钱赚得实在有点容易，老吕自己也觉得有点过意不去，说："你们的主要目的也不是寻到这老万子步行街，而是要把车停在一个又近又偏僻的地方是不是？你们按照我的指引开就是了，包你们对那位置满意。"

铁牛又扭过头来，看了老吕一眼，说："好！"

老吕再次往车门贴了贴，避开铁牛的眼神，余光一瞟，见坐在自己旁边的这刀条脸小伙又在用他那细长的眼睛看着自己，就好像是在看一个物件，而不是看一个活人。

老吕忙说："前……前面有……有个小巷子，嗯，就在那棵梧桐树……对，就是那棵，开进去就可以了。旁边有条很不起眼的巷子，直接可以穿到步行街里面，你们下了车，都不用走到步行街街口进去。"

说完这话，他柔声对贺清明说："老板，要不，我先下车吧？我也不收你五十了，只要四十五。你先前给了我二十，现在再给二十五就可以了。"

铁牛一边朝着那棵梧桐树开去，一边说："那还是不好吧，万一那地方并没有你说的那么隐蔽呢？"

老吕急了："就……就是因为隐蔽，我才不敢跟着你们进去了啊，万一……万一……"

坐在老吕旁边的顾文柔声道："万一什么？"

老吕说："我不要钱总可以了吧，让我下去……"他边说边去开车门，发现车门拧不开，被锁上了。老头就哀号起来："几位好汉，我……我……我上有……上有八十岁的老母，下有十八岁的儿孙，你们……你们饶了我吧！"

顾文就觉得奇怪，好端端地，这老汉为什么莫名其妙慌张起来。他就抬手搭到老吕腿上，说："老兵大哥，我们不会……"他本来就是个很沉闷的人，不会说话，更不用说整理出安抚他人情绪的这种需要高情商的话了。此刻的他努力让自己的模样足够友善，顿了顿，用他自己觉得足够温柔的语气，道："别怕，我们都是好人，我们不会杀你的。"

老吕大叫起来："救命！"

贺清明扭头了，他递过来三张十块的钞票，说："老哥，你这是怎么了？"老吕看到钱，连忙伸手接过，也不叫唤了。说话间，车也开到那梧桐树处拐了弯，里面确实是一条有着树荫的小巷子。铁牛将车开进去停好，按开车门，憨憨地说道："那你实在着急，就赶紧走呗。"

老吕忙拉开车门，一只脚跨了出去。许是他意识到自己在之前这几分钟里行为太过古怪，便又扭头过来："嘿嘿，三位老板在我们新雨县还有什么需要帮忙的，都可以跟我说。我这人吧，地头蛇，人脉广，就连你们市区人都听说过的那铁匠王振兴看到了我，也要喊我一声老吕哥。"

"好的，我们知道了。"贺清明应了。老吕心满意足地下车，往回走。贺清明想到了什么，也开了车门追上去：

"嘿，老吕哥，还要跟你打听个事。"

老吕扭头："尽管问。"

贺清明说："从市区过来，进县城到这老万子街，只有这一条路吧？"

老吕点头："就这一条路。"

"那你……"贺清明想了想，"你今儿个蹲在那路边抽烟，蹲了多久了啊？"

"也没多久，就是早上七点半吃完馍，就蹲在那儿抽烟。要知道，我这人闲不下来，在家里待不住的那种……"老吕一本正经说着。

贺清明打断了他："有没有一辆中巴车开进来啊？"

"那就好几辆了，都是市区到我们县城来回跑着的班车。"老吕答道。

"哦！"贺清明又问，"有没见过不是班车的开进来？"

"没有。"老吕很肯定地答道。

贺清明又想了想："老吕，整个上午，你有没有看到一辆马自达开进你们县城？"

老吕问："哪种马？白的还是黄的？今天有集，倒是有马的。"

贺清明给他解释："是一种车的车牌，标识是这个样子。"他用手比画了一下："深灰色的，挺高档的那种。"

老吕说："好像是有的，没多久吧，应该就是你们来之前二三十分钟，有这么一辆车进了我们县城。"

贺清明心里喜悦，但又不想再多打听了，因为这老汉并不认得车，也就不能完全因为他的话语，就将这事给肯定下来。他想了下，再次从口袋里摸出一张十块的钱来，还从车里拿出一支笔，将自己的手机号码抄了上去，再将钱递给这老吕："老哥，还要劳烦你一件事。"

老吕喜笑颜开，忙抬手接钱："都这么熟了，有什么事，还拿钱干啥？"

贺清明笑了笑："你继续在你蹲着的地方守着，十二点以前，有你没见过的中巴车开进来的话，你就赶紧打电话给我。"

老吕说："好！"又看了看手里的钱，说："那这次是多少钱的活？这十块也是定金吧？"

贺清明说："也是五十吧。"

老吕应了，兴高采烈地扭头走了。

那边，铁牛和顾文也都下了车，朝贺清明走了过来。贺清明犹豫了一下，决定有些事情还是没必要和他们说，便冲他俩挥了挥手，然后迈步往那条并不起眼的巷子走去。

这条所谓的步行街，其实也不过是由两排两三层的老式楼房构成。比较讲究的是这两排楼房中间的街道上的路面，铺了瓷砖。街两边都是服装店，说得更简单点，也就是老式楼房一楼临街的两排铺面组了个团，然后挂了个"步行街"的名号而已，铺面楼上依旧是普通的住房。南霸天发过来的信息上，刘猛的妈妈应该就是住在这步行街的那个叫"纯纯牛仔"的店面的楼上。

贺清明他们停车的位置，说是巷子，其实是在临街的一排房子的背后一面。这步行街的房子与房子之间有两人宽的间隔，就是现在他们往步行街走的所谓巷子。所以，他们穿过这两人宽的房子与房子的间隔后，就绕过了步行街两头的入口，直接走到了老万子步行街的中间路段。

顾文跟在贺清明和铁牛身后出了巷子，见贺清明第一时间抬头看了旁边的门牌，上面写着"老万子步行街10号"。贺清明并没有着急，反而是左右看了看，见旁边有一家"雪域男人男装店"，便领他们进去。到店里，一个穿着大红色毛衣的胖女人就迎上来，问："三位大哥要买啥？我们新到的夏装，都是冰丝的，料子非常高档。"

贺清明对着顾文一指："给他全身换套新的。"

顾文瞟了一眼这店里模特身上挂着的衣服上的标价，忙说："不用了。"

铁牛说："你就不用废话了，按照你混蛋哥的安排就是了。"说完就抬手搭在顾文背上往里走。顾文心里就开始两难了，因为在他的计划中，今天本也是要买一套新衣服换上的。他在工地干了几年，不抽烟，不喝酒，也不出去玩，所以没个花钱的渠道。到现在，他手里其实还是有点钱的，存在贺清明当年给他的那张银行卡里。不过，他平日里买的衣裤，都是在夜市里买的所谓又便宜、面料又好且结实的那种，一二十块钱一件。这小县城步行街里所谓的新款服装，标价动辄两百三百一件，是他无法接受的衣裤价位。这一点吧，在那个时代里，确实也是一个让人觉得匪夷所思的情况。越是小地方，服装鞋帽这些标价就越高，而且还都是一些大部分人都没听说过的牌子。

此刻的顾文，听到铁牛这么一说，便也不吱声了。他跟着铁牛往里走,选衣服,然后去试衣服。贺清明没进来,站在门口东张西望,还掏出电话开始给人打电话。

到顾文试好衣裤后,贺清明正好也讲完了电话。他快步走进来,从裤兜里掏出鼓鼓囊囊的钱包,展开。顾文瞟了一眼,那里面都是百元大钞。贺清明问红毛衣老板娘:"多少钱?"

老板娘喜笑颜开:"一件外套、一条裤子和一双鳄鱼皮鞋,打完折正好九百八,挺好的数字。"

顾文连忙从兜里拿出他那张银行卡:"你刷下我的卡。"

贺清明抢过卡,还抬手看了一眼,认出是自己之前的那张,便也笑了下,递回给顾文:"还是我来吧!好说歹说,你也一直唤我一声哥。"

顾文犹豫了一下,还想说什么。贺清明说:"行了行了,弄完赶紧办正事。"说着,他抬手从旁边架子上拿下一顶黑色鸭舌帽,直接给顾文戴上,然后对老板娘说:"加上这帽子,一千整。"

老板娘笑眯眯地说:"得!这帽子单卖五十九,大哥你豪爽,我也豪爽,给你了。"

三人出了雪域男人男装店。贺清明再次看了看旁边的门牌,确定了方向后,便开始往步行街里面走。顾文戴上了贺清明给他新买的帽子,自然明白贺清明这么做的用意,便将帽檐往下压了压。他转身要去跟上贺清明和铁牛时,无意间瞟见,那步行街街口,出现了三四个剃着平头、胳肢窝里夹着小皮包、还穿着黑色外套的壮汉。壮汉们并没有看左右两边琳琅满目的新潮服饰,而是迈着八字步,慢悠悠地朝着这步行街里走来。

顾文心一沉，但转念一想，自己要怕的是刑警。刑警虽然也会便衣出行，但也不至于弄成这么一个社会人的模样来吧？意识到这一点后，他也就没将这事往心上放了，加快步子去追贺清明他们。

也是因为这一天县城外面有集，加上这会儿又是中午，所以这老万子步行街上人还不少。很快，三人就瞅见了前面一家店铺上面挂着"纯纯牛仔"的招牌，是个小铺面；房子也是个小房子，有三层高。如果南霸天给贺清明的信息是真的，那么刘猛的妈妈应该就是从老家乡下搬到了这个楼上住着。贺清明往四周看了看，就指了指纯纯牛仔对面的一个垃圾桶，对顾文说："你别过去，你在下面待着，好好盯着来往的人。"

这是一个相对来说两全的法子，因为认识顾文的人少之又少，让他在下面不起眼的垃圾桶旁边蹲着，便于观察情况。再说了，顾文是个黑白两道都要逮的人，相对来说还是不要那么太招摇过市为好。

顾文便应了，去那垃圾桶旁边蹲着，看贺清明他们走到纯纯牛仔店门口。他俩左右打量，找到了个楼梯口，径直往里走去。因为南霸天并没有告诉他们刘猛的妈妈是住二楼还是三楼，所以贺清明和铁牛就只能上楼去打听。到二楼，有两扇门，他们都敲了敲，没人应。两人便又上三楼，正巧三楼有个大姐从屋里出来。贺清明就开口问："姐，我们是老刘的朋友，他要我们过来找他妈妈，可我们不知道他妈在哪个屋。"

大姐翻白眼："什么老刘？什么老刘的妈妈？我不知道。"

贺清明又说："就是一个六七十岁的大娘，今年从乡下搬来，租了你们这儿。"

大姐说："那我就知道，是冯大娘吧。你们说的老刘，就是他儿子吧？矮壮矮壮的。"

贺清明连忙说："就是她。"

大姐又翻白眼："你们到底是干吗的？她刚被她儿子接走，你们就跑过来说是他儿子要你们来的。大姐我最讨厌你们这种满口大瞎话的人了。"

铁牛往前走出一步，从裤兜里掏出一个红本本对着大姐晃了一下，那是他前几天刚和他家张姐扯的结婚证。他心里欢喜，所以这两天就一直装在兜里。此刻，他一本正经地把这红本本晃了晃，又快速收回到兜里："嗯，同志，希望你配合一下。"

大姐就激动起来："你们是……"

贺清明也正色了："嗯嗯，市里过来的。"

大姐张大嘴："市局的？"

贺清明没认，但也没摇头，一本正经地问："他们走了多久了？"

大姐连忙说："刚走没多久，最多二三十分钟。"

贺清明："就他儿子一个人来了吗？还有没有一个小姑娘跟在一起？"

大姐摇头："没，就他一个人，来得着急，走也走得着急，帮他老娘扛着个皮箱就下去了。我那会儿正上来，就和冯大娘打招呼,还问她去哪儿。大娘说他儿子要领她去北京玩。"

贺清明扭头和铁牛对视了一眼,这样看来,是来晚了一步。于是,他俩就对大姐点了下头,便急急忙忙往下走。快走到一楼那楼梯间口时,突然看到一个白发的大妈正要迈步上楼。大妈表情严肃,眼睛好像还有点红,像是刚哭过似的,右手上还拉着一个不小的皮箱。

铁牛就吱声了:"你是刘猛的妈妈吧?"

那大妈一愣,紧接着一扭头,对着身后喊:"猛子,快跑,有警察!"

马路对面,顾文的吼叫声也响起了:"哥,是他!"

贺清明和铁牛从楼梯上快步往下冲,到楼梯口,就瞅见顾文在朝前狂奔,他的前方,有个左手上缠着纱布的黑衣人,也正在往前发了狂一般地跑。铁牛冲了上去,而贺清明却没有往前,只是一把抓住他身旁的那大妈的胳膊,对着逃跑的黑衣人喊道:"信不信我打死你妈妈!"

那黑衣人自然听到了,他扭了下头,还真是刘猛。但他并没有停,而是扑向前面一辆女式摩托车,对着摩托车上的女人就踹了一脚。那女人被踹到了地上,而刘猛借着这单脚踹出的力度,直接一屁股坐到了摩托车上,一拧油门,这踏板摩托车怪叫了一声,朝前冲去。所幸这步行街里人多,他这一冲,差点撞到人。只见他一扭方向盘的工夫,顾文就离他只有三四米的距离了。

但就在这时,只听旁边传来人的叫骂声,两三个壮汉一把扑倒了顾文。而在顾文身后紧紧跟着的铁牛,也被另外几个人一把拦住。这几人还作势要动手。这边贺清明看在眼里，心里暗道不好。因为在街对面的那家山寨"麦当劳"的"麦佬姥汉堡王"的门口，一个熟悉的身影已经出现，那正是四海机械厂的唐明海，也就是唐老鸭。在他身旁，还有两三个青壮小伙和他一起，一个个板着脸，凶神恶煞地朝着被扑倒在地上的顾文走来。至于前面骑着女式摩托车的刘猛，趁着这节骨眼，快速消失在步行街街口。

"要死吗？"贺清明扭开了自己裤腰位置的链条锁锁扣，并将链条锁一把抽了出来。在他前面的铁牛也和他一样，抽出了链条锁，对着前面拦住自己的人的脑袋就狠狠甩了上去。可对方也并不是没有准备的，他们的手上一下子就多了根不锈钢水管——应该是之前就收在袖子里，这会儿不过是滑出来直接用手握住而已，并用水管在第一时间就挡住了铁牛甩出去的链条锁。这时，更多的人影，从这步行街各个位置蹿了出来，嘴里都骂骂咧咧的，朝着铁牛和贺清明扑了过来。至于地上的顾文，更是被人用膝盖顶住，头发也被抓住，牢牢地按在地上。

"小混蛋啊小混蛋，想不到你还真和杀我儿子的王八蛋是一起的！"唐老鸭瞪着眼，冲贺清明恶狠狠地吼道。

贺清明眼睛也瞪得很大，和铁牛两人握着手里的链条锁，还想继续往前推人，往刘猛跑的方向去追。可唐老鸭带的人还真不少，一二十个，也不动手打贺清明和铁牛，就是上前搭肩膀抱胳膊，还强行下了他们的链条锁。

唐老鸭就蹲到地上的顾文身边，抓住顾文的头发，将他的脸抬了起来，问："你是不是顾文？"

"他不是顾文,他是我大舅哥下面的兄弟小军。"贺清明抢着喊道。

"你大舅哥?"唐老鸭抬头,"小混蛋,你少给我来这一套,你什么时候又有了一个大舅哥了?"

"他怎么就不能有个大舅哥呢?"旁边的一个男人的声音响起了,紧接着,只见三个剃着平头、穿着黑夹克、夹着小皮包的壮汉,在围着的人群中,左推推右推推地挤了出来。其中站中间的满脸横肉的壮汉还举着一只手,大声说道:"我……我就是他的大舅哥。"

唐老鸭一愣,也站了起来,歪着头对着这壮汉说:"兄弟,我们抓杀人犯,没你啥事?"

"怎么就没我啥事了?"满脸横肉的壮汉说,"在这县镇上,怎么还有事是不关我的事呢?"他喜欢用反问句,还喜欢用"怎么"这么个词,一边说话,一边摇头晃脑,有点卖弄歪理的模样。

唐老鸭就火了:"兄弟,你们是不是也想跟他们一样,被按住趴在地上休息一会儿呢?"

壮汉哈哈大笑,他身后的那两个平头汉子也跟着他笑了。接着,旁边围观的人,也都随着他们一起,咧开嘴,笑了起来。贺清明一探头,居然还看到了之前给他们带路的老吕,也站在围观的人群中,也在那儿咧着嘴乐,见贺清明看自己,他还冲贺清明挤眉弄眼。

壮汉就对着周围的人群喊话了:"各位,有劳你们给这位老大爷说说,我是谁?我怎么就在这地界上,还成了一个没我啥事的人了?"

旁边的人们都七嘴八舌嚷嚷起来:"这是我们铁匠哥,你们是没长眼睛吗?"

唐老鸭一愣,忙问:"你就是王振兴?大铁匠?"

这满脸横肉的壮汉,正是王慧慧的亲哥王振兴。他收住了笑:"怎么?不像吗?"

唐老鸭点了点头:"我是市里的唐老鸭,你应该也听说过吧?"

铁匠摇头:"没听说过,不过,我看过什么米老……米老什么?哦,米老鸭和唐老鼠演的动画片。"

唐老鸭在市里面也正儿八经是一个黑白两道都会给足面子的狠人,什么时候受过这种气?他冷笑了一下:"没听说过,也无所谓。我们一群兄弟过来逮人,没你们啥事,让让!"他将手一甩,手上也多了一根不锈钢水管,重复道:"听到没?让让!"

铁匠笑了:"这位老哥,你真的太有意思了。你跑来我们镇区,逮住我的兄弟,还说不关我事?"

唐老鸭这才想起之前贺清明嚷嚷的话语,他皱眉,指着地上的顾文问道:"你说,这是你的人?"

铁匠说:"是啊,我的兄弟啊,叫文小军。我妹夫过来新雨县玩,我让小军先过来接待一下,免得我妹夫走丢了。你们倒好,冲过来就把我这小兄弟给按在地上,还把我妹夫也搂搂抱抱上,是想在我这地界上闹事吗?"

"是谁想闹事?是谁想闹事?"人群外围,又有人在嚷嚷着往里面挤了。这次挤进来的,是七八个袖子上戴着红袖章的壮实男人。他们进到这圈子里面后,就开始挥舞手里的胶皮棍，为首的一个还冲着唐老鸭嚷嚷着："今天赶集，总有一些社会上乱七八糟的人，趁着这机会，到集市上来小偷小摸，打架斗殴。我们干联防的，也都不是吃干饭的。咦，你们这是在打架吗？"

唐老鸭翻了下眼珠，目前看起来，治安联防队的人，和铁匠是一起的。他们有红袖章戴着，职责自然就是维持今天集市的秩序。所以，真有什么事，他们动手打了人，自己的人还真不好还手；还了手，算是和管理治安的人对殴，是大事。于是，他低头又看了下地上的顾文。要知道，他们四海机械厂的人，还真没有人是见过顾文的。之所以扑过来就直接把顾文按到地上，是之前南霸天对他们说了小混蛋身边就两个人，一个是铁牛，另一个年轻的就是顾文。可目前看来，铁匠和贺清明都说得有鼻子有眼，说地上这刀条子脸的小伙叫文小军。唐老鸭心想：难不成，我们一干人等，还被这南霸天用假情报给忽悠了不成？

唐老鸭便也不吹胡子瞪眼了，对铁匠挤出笑，说："铁匠兄弟，如果是我们今天有什么误会的话，那我唐老鸭，也会给你一个交代。不过，为了保险起见吧，你等我再问问这人，要知道……"他想了想，继续说："要知道我们这是来抓一个杀人犯的，如果真是他，那你们到时候跟公安也说不清楚。"

铁匠自然是不会吃他这一套，说："我怎么就得听你的话，由着你来问？问个啥呢？你来我们这新雨县，是断案的吗？"

贺清明却吱声了："哥，你让你小文兄弟把身份证拿给他看一下不就可以了吗？"

铁匠瞟了他一眼："这不是我铁匠做事的风格，我的人，就由不得别人来检验。"

唐老鸭冲贺清明点了下头，许是觉得贺清明这是想要自己有台阶下，便掏出烟来，递了一根给铁匠，说道："铁匠兄弟，如果是我弄错了，我在市里……嗯，就在小混蛋的青龙城摆两桌，请你和你的兄弟们去聚聚，我一把老骨头给你赔礼道歉。"他顿了顿，继续道："也不瞒你说，我今儿个大张旗鼓来到新雨县抓的杀人犯，他杀的人，是我唯一的那个儿子。我……我老唐家，就这一个儿子，希望兄弟你理解一下。"

铁匠王振兴在这南陆市里能混得和南霸天等人齐名，也不是全靠蛮横。他自然是听说过唐老鸭的名号的，只不过他很少去市里，所以就不屑于给对方面子。可这混社会，也有社会人的讲究。人家唐老鸭一把年纪的人了，在这儿已经开始说软话了，自己再不近人情，似乎也说不过去了。他就扭头看了一眼贺清明，只见贺清明在对自己点头，意思应该是可以答应下来。

铁匠便撇了撇嘴："行，那我今天就由着你查一下我兄弟吧。"说完他走上前，伸手去扶地上的顾文。四海机械厂里那几个按住顾文的人，也连忙松了手。顾文虽然并没有贺清明这些人一样灵泛，但也不傻。贺清明抢着说的话，已经让他有了分寸。此刻说要他拿出身份证来，他只要掏出那张找人办的假身份证，应该就可以对付过去。毕竟这里都是一群社会人，有谁会分辨真假呢？

于是，他就开始掏裤兜，从里面摸出一张卡片。唐老鸭在旁边伸手将卡片抢了过去，一看，居然是一张绿色的银行卡。也就是说，顾文这一掏，掏出的是多年前贺清明给他后，他一直在用着的那张银行卡。贺清明脸色一下就变了。要知道，银行卡的背面，是有签名栏的。而这张绿色的银行卡上，贺清明就曾经签上了自己的名字。如果唐老鸭看到上面有贺清明的签名，那这事就有点说不过去了。他和铁匠一唱一和说这刀条脸是铁匠刚叫过来招呼贺清明的手下，紧接着就看到这手下身上有贺清明的银行卡……

所幸，唐老鸭也没认真看，直接说了句："拿错了。"说完就把卡递了回去。而顾文这人虽然并不灵活，但心大、胆子大。被唐老鸭的人按住后，一直都是一个不哭不笑不恼的表情，此刻也还是这么个表情，阴着眼睛，看得人心里发毛。他接过了银行卡，塞进裤兜，接着再将那张假身份证拿了出来。

唐老鸭接过身份证，看了下。上面的照片自然是顾文的模样，名字是文小军。地址是当时顾文找路边违法分子做假证时给随便填的，写着的是南陆市下面某一个乡的名字。实际上，这个乡根本就不存在，是顾文现编的。唐老鸭虽然是个老社会人，但又怎么能够记得这么大一个地级市下面的这么多乡和这么多村的名字呢？

所以，此刻的他一本正经地看了看，脸色也变得难看起来。最终，他将身份证递给顾文，还伸手拍了拍顾文身上的土，勉强说了句："兄弟，看来是个误会。"

铁牛郭连环就不乐意了，他往前一步，直接将唐老鸭推了一把:"一句误会就可以了吗?你知道耽误了我们抓谁吗?"

唐老鸭理亏,便也不生气,笑了笑说:"不就是收个账吗?我听南霸天说了。嗨!大不了之后我帮你把人逮回来就是了。"

"南霸天对你说的是逮一个欠账的?"贺清明皱眉了,"鸭哥,南霸天对你说的是我们赶来这新雨县,就是来收一笔账?"

唐老鸭点头:"对啊。不过他说了你今天领着的人,正是顾文。"

这一会没人在意顾文,他也很自觉地往后退了一步。到现在这唐老鸭说出自己的名字时,他面不改色,左右看看,接着往后又退了退。

"嗯!老哥,您是逮杀你儿子的凶手,我理解。但今天我们要逮的人,是刘猛,就是杀了你们四海机械厂姑娘的刘猛。而且……而且他今天早上,手里还又多了两条人命。而这两条人命,都是……"贺清明犹豫了一下,"都是我的亲人。"他缓缓说道。

唐老鸭脸色变了,他咬了下嘴唇:"贺清明兄弟,你是说刚才跑了的那穿黑衣服的人,是刘猛?"

"是的。"贺清明点头。

唐老鸭沉默了。半晌,他看看铁牛,又看了看站在旁边冷冷瞅着自己的铁匠王振兴。最终,他抬手,挥了挥:"罢了,罢了。这事已经办成这样了,是我唐明海被那南霸天给摆了一道。好小子,他这是要给我下个套。多亏公安没有过来,如果他们也来了,那我今天这一出,就是坐实了帮刘猛逃跑,屎盆子是扣得严严实实了。"

他摇了摇头:"清明兄弟、铁牛兄弟,嗯,还有铁匠兄弟,我给几位赔不是了。之后,只要用得上我的事,我唐明海,义无反顾。"

他这么一个在南陆市有头有脸的人,说了这种软话,贺清明自然也不可能再咄咄逼人了。刘猛跑了,这是已经不可挽回的局面。所以,接下来要怎么做,才是真正要考虑的事情。

铁匠却还是在那儿歪着头,一副很失望的样子:"那……那你前面说的在青龙城摆两桌的事,还算数不?"

唐老鸭有点哭笑不得,对他点头:"看你大铁匠的时间。"

"我大铁匠的时间还挺多的,天天都很闲。"铁匠笑了笑,"那就明天晚上吧,我也去这青龙城看一看。要知道,这南陆市赫赫有名的场所,我这个乡巴佬,居然还没去过呢。"

贺清明这会儿也冷静下来了,他朝铁匠,也就是王慧慧的这位大哥王振兴点了点头:"哥,以后咱都是一家人了,青龙城里,你天天来都没问题的。"

铁匠哈哈大笑:"你对我那最小的妹妹好一点就可以了,我们去不去市区,没什么所谓的。"

贺清明赔笑,心里却开始琢磨起来:目前这样看来,自己和南霸天闹掰,是迟早的事。而铁匠在这南陆市里,可是能够和南霸天平起平坐的社会人。再加上此刻的唐老鸭也已经对自己服了软，算是欠自己一个人情。那么，之后和这南霸天真的好好斗一场，那也不是说没胜算啊。

他将右手插进裤兜，食指和拇指互相掐了掐。他是贺清明，是小混蛋贺清明，是注定了要在这南陆市里混得出人头地的贺清明。此刻，白禾能不能找回来，已经不是自己有能力与有法子去解决的问题。而寻找机会成为真正的人上人，为白禾之后回来需要面对的一切事情来兜底，才是最为重要的。

贺清明暗下决心：暂时跳出此刻白禾跟着刘猛跑了的事件，接下来这一两天要做的，是积极准备下，跟南霸天翻脸。如果有机会的话，甚至可以考虑将他赶出青龙城。

意识到这一点后，他努力挤出一丝微笑，拍了拍铁牛和顾文的后背，要他们回车上去等自己。铁牛不乐意，想去那纯纯牛仔楼上逮刘猛的老娘。贺清明冲那几个戴着红袖章的联防人员努了努嘴，意思是有他们在，不能胡闹。铁牛也就不吱声了，皱着眉，额头上青筋鼓起，领着顾文往巷子后面的车走去。

唐老鸭落了个里外不是人，留下话说："明儿见。"然后领着人灰溜溜地走了。铁匠王振兴歪着头看他走，还吆喝了一句："好嘞！明儿见。"

唐老鸭等人走了后，铁匠就让其他人都散了，留自己和贺清明单独站在了步行街的路边。两人点上烟，贺清明就说："谢谢了，铁匠哥。"

铁匠也没那阴阳怪气的表情了，一本正经道："你和我妹多久了？"

贺清明一愣，说："大半年了。"

铁匠也跟着一愣："我妹刚给我打电话，说你们一年多了。"

贺清明只能说："认识一年多了，确定关系大半年。"

铁匠想了想："那就没错了，她去到市里面上班，也就大半年，之前在乡下待着，也没见你们好。"

贺清明点点头。他记得之前听王慧慧说过，铁匠和他的兄弟们在下面镇区待着，过得并不是很宽裕。于是，贺清明犹豫了一下："哥，你们有没有想要去市里面发展的想法？"

铁匠一下站了起来，把这贺清明上下打量了一番："我说老弟，你是说真的吗？"

贺清明说："我这也不像开玩笑的模样。"

铁匠说："有机会，自然是想的，可是，我们……"

"哥！以后就不一样了。"贺清明很认真地说道。

铁匠想了想，再次蹲下来，说："我看也是。"

4.再出南陆记

2002年5月21日中午，贺清明和顾文、铁牛郭连环三个人，在新雨县吃了顿饭。饭桌上，三人都没说话。贺清明不是不想说几句什么，而是真不知道要对他们俩说些啥，总不可能对他们说目前找不到白禾，只能开始先干翻南霸天吧？

铁牛不说话，是因为他也不知道应该说些啥。他这些年一直跟贺清明在一起，知道贺清明做事都有首有尾，不需要他考虑太多。所以,他就只是在那儿咬牙切齿,对刘猛恨得牙痒痒,后悔当年在劳改农场时,没有找机会整死这个畜生。

而顾文不说话,是因为他压根就不知道在此时此刻这种场合,应该怎么说话。很多时候,他也会向往自己能和贺清明这种人一样,伶牙俐齿,在各种场合下,都说出符合场合的话来,让身边人都点头,一呼百应。可是,他并不是贺清明,他只是顾文——闷闷的一个顾文。

于是,三个人都没怎么吱声,不时举杯,一起干完了一瓶白酒。贺清明就提出让顾文还是先离开南陆市。毕竟目前看来,顾文回到南陆的事,已经有人知晓。所以,对顾文来说,这南陆市就已变得非常危险了。

顾文自己其实不想这么快走,他还想回到油田里,去到他从小长到大的那些个地方看看,哪怕只能等到深夜也行。但贺清明如此这般安排,他自然也是点了点头,应允了下来。

贺清明就要铁牛开车把顾文送出南陆市,让他去隔壁城市坐车。顾文却摆手了,他说:"哥,你们还是送我去落霞山吧,我翻过山,就出了南陆。你们开车反而还绕了远路呢!"

贺清明说:"今时不同往日了,现在咱有车,当年让你翻过山跑路,是那时候哥自己也没啥能力。"

顾文淡淡笑了笑:"可是……可是我想上落霞山待会儿,在那山上,能看看我们的油田。"

开着车的铁牛突然伸了只手过来,拍了拍顾文的肩膀。

他虽然年长不少,但始终也和顾文一样是油田里长大的孩子。他明白顾文的意思。

贺清明没在油田长大,所以,他并不是很明白。尽管如此,他还是和铁牛一样,也抬手拍了拍顾文的肩膀,说:"兄弟,这些年也苦了你了。"

顾文说:"哥,你这话就见外了。毕竟……毕竟白禾也唤我一声哥呢。"

人与人之间,其实是永远无法实现真正意义上的公平的。所以,你对他人付出多少,就完全没必要去奢求对方能够给予同等回报。这是因为,每个人所拥有的一切都是不一样的,也是不对等、没有可比性的。比如说多年前贺清明很随意地领着顾文去买了一套新衣裤,在贺清明看来,是根本不值一提的事;但这在贺清明看来小小的恩惠,于顾文而言,就是值得他付出全部来回报的。因为在那个年月里,他拥有的所有行头,不过是从劳改农场带出来的那床破棉絮而已。

而贺清明呢?顾文对他来说,也是一个能被他当成真正的好兄弟的人。实际上,多年后成为优秀企业家的他,在一二十年里那么多的大风大浪中,都没有栽过跟头。最终,真正将他送上法庭并判刑的,居然也还是这个在他生命中只是见过那么几次,但又贯穿他人生中几个最为重要的节点的人——顾文。

在那一份昭示顾文生命进入尾声的判决书里,对主犯顾文的作案描述,只有简单的五六行;而对贺清明在这些年里对顾文的包庇窝藏罪行，却写了整整两页。尽管，最后两人的结局，一个是极刑，一个是短短几年，但真正要深究的话，如果贺清明没有在顾文生命中的出现，那么，顾文很可能在1997年2月3日的那天，迷惘且无助地回到南陆油田，过上尽管卑微但是相对来说会更为安定的一生。

所以，人与人相互之间的付出，本来就没有真正意义上的平等……只不过，所有人心目中都会尝试追求一种公平，希望自己的付出能够收获同样多的回报。而这，就是心理学里说的公平世界谬论。

那天，顾文并没有着急离开南陆。他轻车熟路，爬上了他在油田子弟学校做学生时，每年一次春游都要登上的落霞山山顶。山顶有个孤零零的小亭子，可以远眺整个南陆油田。在小时候，顾文和他的那些同学们，都会坐在这个小亭子里，从书包里拿出爸爸妈妈给他们准备的饼干和水果，一边吃着，一边看山下那变得小小的油田。他们会在其中寻找自己家的位置，并指给旁边的好朋友看。那时候，顾文也会找，找到后，他就唤当日里和他一样小小的白璐，并告诉小小的白璐。而小小的白璐也会找，找到后，小小的白璐也会唤小小的顾文，并指给小小的顾文看……

时光荏苒，白驹过隙……多年后的这个下午，顾文独自坐在小亭子里，鸟瞰油田。他发现，在他小时候觉得巨大的油田，竟然是这么小小的一块地方。街道也就这么几条街道，房子也就这么错落零散的一些房子。他在南方见了高楼，见了大厦，见了真正的红尘万丈究竟是什么模样后，再回到落霞山，鸟瞰自己从小长大的地方，恍如隔世。

眼前的一切，开始模糊——憋了一整天的雨点，终于开始落下。顾文揉了揉眼睛，发现手上也都是湿漉漉的，是自己开始流眼泪了吗？他笑了笑，所见皆是黑白，已经多年没见过颜色。对他而言，世界始终在苍茫之下。于是，顾文仰头，看这灰色的天空。他开始憧憬，开始祈求，祈求那冥冥中的主宰，能够施以神力。而这神力来到后，此刻驻足于此地的顾文，可以还是这个顾文。只是时光倒退，他此刻的成人模样不再，变回到那儿童的样貌。然后，他就可以再次在视线中那具备各种颜色的油田中，熟练地找到自己家的位置……

顾文扭头，旁边赫然坐着的，是多年前那扎着两个小翘辫子的小小的白璐。顾文说："白璐，你看，那不就是我家吗？"

小小的白璐连忙循着顾文指着的方向，看到了顾文住着的运输大队的家属院。小小的白璐便开始失落，说："我怎么找不到我们家呢？"

顾文便开始帮他找，顾文眼尖，很快就找到了。顾文抬手，指给白璐看："你看，那不就是屠宰车间家属院吗？"

白璐说："是啊，总算找到我家了。"

"我是在这里出生的，真希望自己永远都生活在这幸福快乐的油田里，生活在我住着的这家属楼里。嗯……"小小的白璐说，"就算是死，我也希望是死在这里。"

小小的顾文对她说："一定会的。"

多年后，屠宰车间家属院命案中，被顾长江砍下头颅的那个女孩，名叫白璐。

2002年5月21日晚上,顾文终于开始迈步,往落霞山另一边走去。中午吃的饭菜早已消化殆尽,但他不觉饥渴。因为他可以仰头张嘴,咽下苍茫天空中洒下的水滴。而也是在这个晚上,在市公安局五楼的禁闭室里,双手抱头蜷缩在墙角的刘剑,眼睛里只有血丝。他用力搓着自己那一头本就松软的头发,发现在这一天里,脱落了不少……最终,令他能够蹲着的力气,也被完全抽离了。他身子越发软了,最终瘫倒到了地上。他的身体像一只被晒干的虾米,蜷缩着,双手环抱膝盖,大脸埋到自己的大腿上。他开始抽泣……最终,也始终只是这样,努力压抑着自己没有声响地抽泣着……

刘长春、汪小涵、白禾的脸,在他脑海中不断闪过……

也是在这个夜晚里,贺清明开车从许猪家里出来了。之前几个小时里,他见了不少人,有赖总、许猪,还有正义、王百顺这些人。他甚至给大圣打了个电话,让大圣也来了许猪家里。两兄弟很有仪式感地握了次手后,大圣将南霸天接下来想要做的一些事情的计划,也都如实告诉了和自己从小一起长大的贺清明。

等一切安排妥当,贺清明开车,重新回到这个他所熟悉的城市中。他没有回家,不自觉地开到了市公安局门外。他将车停在市局对面的路边,点上了一根烟。他扭头,看市局大楼里亮着的灯光,想象着刘剑会是在其中哪一个房间待着,在哪一个房间里接受着处罚……

终于,多年前屠宰车间家属院命案案发那一晚,被改写了的四个少年的人生,再一次翻到了属于他们每一个人的新的篇章。

白禾：化名劳云子的女人

1.装人的铁笼

2006年1月25日，是腊月二十六。这一年没有年三十，过年二十九。所以，这个傍晚，距离除夕夜只剩三天。

二十出头的白禾，穿着一套和她的年龄很不搭的皮衣皮裙，坐在美立方小区对面的一家很旧的咖啡厅门口。她那一头大波浪的黑发上，扎着一条浅蓝色的发带。这条发带是几年前她离开南陆时戴出来的，一直舍不得扔掉。因为当时身上其他的衣物，都第一时间扔掉了，只有这条发带，被她保留了下来。

也就是说，这条浅蓝色的发带，是当年白禾在南陆市带出来的唯一的东西。

她点上了一支烟，细细的那种。她浅浅抽一口，然后对着空中吐出。她等着的人，已经离开美立方小区快三小时了。所以，她略微有点担心，但也只是略微担心。她并不在乎对方，她只是暂时离不开对方而已。

她端起咖啡杯，喝了一口。这时，她发现马路对面有一个穿着枣红色羽绒服的人,正在朝自己这边看。于是,她扭过了头。她不喜欢别人正视自己,总觉得所有的正视,都有着叵测的用心。

可那人似乎并不甘心。他踩着地上的雪,开始穿过马路,朝着自己走过来。走近了,他居然冲自己说话了:"白禾……真的是你,白禾。"

白禾的心往下一沉,急急忙忙将脸别到一边,并说:"你认错人了吧?"

"怎么可能认错呢?哈哈,居然……居然真的找到你了。"那人似乎很开心,径直坐到了白禾旁边的椅子上。他将头上戴着的羽绒服的帽子放下来,然后指着自己说:"是我……"紧接着,他又好像想到了什么,连忙压低声音说:"白禾,是我啊!你看看,我是小艾,油田子弟学校里的同学小艾。"

白禾站起来就要走。可这小艾也站起来了,并急急忙忙说:"是你哥哥要我来的,是贺清明要我来风城找你的。"

白禾愣住了。最终,她缓缓坐下了,转头看面前的小艾。已是几年不见,当年那十几岁的小男孩,也长得眉清目秀,是个标致的小伙了。见白禾看自己,小艾也咧嘴笑了:"真的是混蛋哥要我来的。他不知道从哪里收到的消息,说这风城里有人很像你。所以,就要我从南方直接来了风城。你看看,这不是都快过年了吗?本来,我是腊月二十五就可以回南陆,享受我的春节假期的。他收到这消息,就喊我加个班,赶过来找找。"

"赶过来找找?要你加个班,就为了找我吗?"白禾有点诧异。

"可不是嘛！"小艾撇了撇嘴，"想不到啊，真想不到……这么大一个世界，我们在这几年里，每天都像是一群无头苍蝇一般乱窜，最后还真被我找到你了。"

见白禾脸上摸不着头脑的表情，小艾便笑了："白禾，你离开南陆后，发生了很多事情。别的，我慢慢跟你说。而我，可就是在你走后，直接退了学，跟了你哥小混蛋做事。我的工作挺辛苦，但也可以说挺轻松。"他耸了耸肩，继续解释："这三年多，我就只要做一件事，就是去各个城市里满大街地瞎转，看能不能找到你。"

白禾的表情凝固了，她愣了一会，最终将手里的烟头掐灭："你是说，我哥在这几年里，一直安排你找我？"

"可不是嘛！"小艾应道，"他是你亲哥啊，他不寻你，难不成，还指望着你那刘剑哥哥寻你吗？"

"刘……刘剑……"白禾的嘴唇抖动了几下，"刘剑哥哥呢？他这几年在干吗？"

小艾说："他就有点惨。唉……挺可怜的，我们油田年轻小伙中的佼佼者，最终……不说了，白禾，走，跟我回南陆。今晚走，明天下午就可以到，正好可以和你哥，还有你嫂子一起过个好年。"

"刘剑……刘剑哥哥这几年怎么惨了？你跟我先说说。"白禾说出这句话时，明显感觉自己的心被什么东西牵动了起来，并被隐隐地收紧了。

"他啊……唉！"小艾摇了摇头，"你们走了以后，他背了一个处分，好像是徇私舞弊，或者是隐瞒不报之类的吧。我也不是很清楚。不过，最后也没把他怎么样，只是直接把他调回了水库警务室里，让他继续去干他的老本行——守水库去了。"

"啊？那他……那他应该很……应该很恨我吧？"白禾没看小艾，扭头看着不远处下着的雪，自顾自地问道。

小艾说："我怎么知道呢？不过，混蛋哥也提过一次，说以刘家三代从警的资历，以及刘剑自己在警队里之前的表现，只要没被开除，就肯定有机会重新被调回到市局刑警队的。"

"是的，他那时候的理想就是进入刑警队，成为一名真正神气的刑警。"白禾喃喃说道。

小艾说："也只是那时候吧？我听我们油田宣传部的张执跨张部长说，刘剑好像自己也不想回去，只想一个人待在那儿守着水库。"

"他不想回去？"白禾扭头过来看小艾，"他……他怎么会不想回去呢？他……他回去的话……好吧，他再回去的话，住哪里呢？我也不在，爸爸也不在了。那他……"

白禾没继续说话了，她开始变得有点慌张，急急忙忙地去拿桌子上的烟盒，并摸出一根细细的烟，接着又去拿打火机。打火机按了几次都没点着，她的手在不由自主地抖动。最终，她似乎有点恼羞成怒，生气地将烟和打火机放回到桌子上。

小艾看在眼里，觉得她的举止有点反常。实际上，如果他真的了解白禾和刘剑的那些过往，便也不会觉得太过诧异。他拿起打火机，帮白禾将烟点上，并搓了搓手，问白禾："这么冷的天，你怎么不坐到咖啡厅里面，坐在外面干什么呢？"

小艾的话似乎提醒了白禾什么，她连忙扭头，再看了看那美立方小区的门口。下雪天，天黑得早。那昏暗的路灯下，小区门口并没有人走动。

这是一个老旧的小区，附近住着的大部分都是老年人。所以，小区相对来说比较安静。实际上，这美立方小区所处的这一片，本就是风城的老城区。冷清对于这片区域来说，就是常态。白禾记得刘猛说过："越是这种地方，越是便于我们潜伏。警察搜寻人，总会选择那些热闹繁华的街区，谁会留意这种满是退休老头老太太遛弯的小街小巷呢？"

白禾没反驳他。实际上这几年里，她也不知道如何反驳他。她跟着刘猛离开南陆市时，还只是个小丫头。选择离开，也不是她的本意。这几年里，她也总是在琢磨，怎么自己那好好的生活，就一下子变成了现在这个样子了呢？所幸这刘猛，早已是个社会老油条了。所以就算离开了南陆后的这几年，刘猛也没让白禾吃什么苦。况且，在白禾看来，刘猛还算很有能耐，胆子也挺大。

所以，刘猛这么说，白禾就这么应了。她总是会留意一些别人不会留意的东西，比如搬过来后，她就留意到了这美立方小区正对面的巷子往里十几米，有一个做防盗门窗的铺，铺里的老板蹲在门口，戴着铁皮面具，在用电焊枪焊不锈钢门。于是，白禾在跟着刘猛住到这美立方小区的第二天下午，她就一个人晃了过来，要这个做防盗门窗的老板，给做一个长两米、宽一米、高五十厘米的铁笼子。老板问她：

"定制一个这样的笼子干吗?"

白禾说:"用来装狗。"

老板就应允下来,过后还对他媳妇说:"这单买卖真是奇怪,装狗要用这么粗的不锈钢条?不是浪费钱吗?"

他媳妇说:"人家有钱人讲究呗。"

到这铁笼子做好了,白禾就让老板帮忙用三轮车送了进去。这老旧小区没有电梯,得抬上去。老板便问她几楼,白禾说:"不用了,放楼下就可以了,我叔回来了自己会弄上去的。"

老板也就没在意,扭头走了。而白禾所说的叔,其实就是刘猛。待到这老板走远了,刘猛就下来,和白禾一前一后,开始把铁笼往上抬。铁笼其实也不重,但大。加上这种老旧小区楼道窄,两人折腾了一二十分钟,才将铁笼抬到了六楼。这六楼,是顶楼。他们把铁笼抬进去,穿过房间,到天台。天台上有一个以前挂电表的红砖房子。现在,都不用那种老式电表了,所以这房子就闲置下来,给租这六楼套房的他们用。刘猛和白禾将铁笼放进去后,还正好放下。只不过,他们不是将铁笼平放,而是立起来。也就是说,这两米的长度,在这房间里成了铁笼的高度。刘猛很满意,盯着这笼子看了看,拍打了几下,说:"还是挺结实的。"说完,他从旁边拿出两根链条锁,将铁笼拴到旁边的水管上。最后,他又回了房间,拿过来两副手铐,将手铐铐在了铁笼最顶上的不锈钢管上……

也就是说,如果放一个人进去,将他双手铐在铁笼顶上的手铐上。那么,这人在这铁笼子里,基本上就无法做出任何多余的动作了。

　　是的,这是一个要用来装人的铁笼。而这个美立方小区4栋顶楼的套房,就是刘猛和白禾要用来发财致富的宝地。

　　这些事,白禾自然是不会让小艾知道的。况且在本就早熟的她看来,这小艾就算已经长成了一个大人的模样,也依旧只是个小孩,不会明白她与刘猛、她与她刘剑哥哥及贺清明这些大人的世界里复杂的事。实际上对于白禾自己来说,也总是琢磨不明白这些事。她会经常做梦,梦见回到南陆市,开始去面对几年前她央求刘猛,或者应该说是她和刘猛一起干过的那些事的后果。梦中,她下了班车,踩到了南陆的地界上。眼前的一切,就一下熟悉起来。扑面而至的油田里那种让人感觉安全与舒适的氛围,将她环抱。

　　但是……每每至此,白禾就猛地惊醒。因为,她就算做梦,也不敢去直面自己曾经犯下的罪孽所造成的后果。于是乎,她需要时不时欺骗自己,告诉自己那种种罪孽,都是对方的咎由自取……是白丽蓉不应该骂她的哥哥,是汪小涵不应该夺走她的哥哥……

　　至于爸爸——刘长春……

　　白禾找不到理由。正如她也找不出理由说服自己去责怪刘剑哥哥,责怪其最后面对的众叛亲离,是他自己的原因导致的。

　　这些,白禾没有和任何人说过。这几年里,她又能和谁说心里话呢?所以,当小艾出现,从马路对面走过来的瞬间,她有过排斥,但又还是有点喜欢的。只不过,她又害怕知晓,害怕知晓小艾对自己说起发生在一千多公里外的那座小城里的一些事情。因为对于那些事情,白禾总觉得只要自己逃避不去触碰,就不需要愧疚……

她又真能做到吗?

白禾并没有看到那白雪覆盖着的小区门口,出现她等待着的人。相反,本来急切想要对方出现的期待,在小艾到来后,开始产生了变化。她想要那人晚一点点再来,这样,自己就可以和小艾多说会儿话,多了解一些她一直想要了解却又害怕了解的事。

她回过头来,望向小艾:"那照你这么说,你现在就是为我混蛋哥做事,工作就是出来找我喽?"

"是啊。"小艾笑着点头,"找到你,然后说服你跟着我回去。至于回去了怎么办,混蛋哥有交代,说只要看到你,就把他的原话告诉你就可以了。"

"什么话?说来听听。"白禾将烟掐灭,单手托住头,她那双有着浓浓睫毛的大眼睛里,眼珠特别黑。这种眼睛看人,就特别勾人,让人不由自主地心神荡漾。

小艾收住笑:"混蛋哥说,只要你回去,他花钱托关系,怎么样都能给你讨一个妥当下来。他还说,他以前对你说过,任何事,都有他这个哥哥给你兜底。而这话,永永远远有效。嗯……混蛋哥说,你一定会相信他的。"

"我信他。我又怎么会不信他呢?毕竟……"白禾喃喃说着,声音很小,好像并不想让小艾听清楚似的,"毕竟他是我在这世界上唯一一个有血缘关系的人啊。"

小艾点头："所以，我们现在就没必要在这儿挨冻了。我现在就给混蛋哥打个电话，然后我们去火车站，坐今晚的车走。"说完这话，小艾拿出了手机，开始翻贺清明的号码。

"等一下吧。"白禾摇头。她伸手抢过小艾的手机，继续道："有点突然，我也得好好琢磨一下。"

也就在这时，这咖啡厅里面的电视屏幕上，弹出一片红色，上面标注着紧急通知，还有几声好像是拉响警报时的那种"嘟嘟"声。

白禾连忙站了起来，朝咖啡厅里面走了一步。小艾这才注意到，白禾坐着的这个位置，往前正好可以看到对面那小区的正门，侧头又可以看到咖啡厅里的巨大电视屏幕。而屏幕上，是本地的新闻频道。

屏幕上出现了一个穿着警服的女警，背后是这有雪的夜晚城市。女警表情严肃，对着电视台的记者很认真地说道："目前，太古街到正远桥的路段，已经全部封闭起来了。请市民们现在开始，尽量绕开这个区域。具体什么时候能够解除戒严，请市民们等候通知。"

镜头一晃，是电视台的主持人一边拿着话筒在街边急急忙忙地行走，一边对着镜头说道："我们现在也要紧急撤离这个区域。此刻，我们看到不断有特警的黑色警车开始赶到正远桥门口。警方正在积极布置抓捕，具体警情，我们只能等他们的行动结束后发出的通告了。"

咖啡厅里人并不多，他们也和白禾、小艾一样，抬着头看新闻频道里突然插播的这个紧急通告。白禾便往前快步走进了咖啡厅，问那咖啡厅吧台里的老板："这新闻里说的区域，是在海云城那边吗？"

老板扭头过来，冲白禾点头："就是海云城小区那边。正远桥进去，不就只有一个海云城吗？那是我们风城的富人区。看来，怕是里面的那些有钱人遇到了什么事吧？"

"哦。"白禾面无表情，也没冲人道谢，便径直转身，走了出来。她开始再一次望向对面的美立方小区的大门。望了几秒后，她那微微皱起的眉头，反而舒展开来了。她看看小艾，见小艾并没有在自己走开的时间里，拿起桌子上的电话打电话出去。于是，白禾就露出笑意来："小艾，你刚才还说，要我回去看看我哥和我嫂子。怎么？贺清明都已经结婚了吗？"

小艾见白禾那一直严肃的神情，开始变得松弛下来，便和她一样，开始咧嘴笑。他也点上一支烟，说："可不是嘛！你哥不但结了婚，还给你生了个小侄女，叫贺洋璐，小名叫璐璐。他啊，把这闺女看得可宝贝了，天天璐璐长璐璐短地挂在嘴边。"

"璐璐……"白禾重复着这个名字，"璐璐……嗯，我姐的小名就叫璐璐。"

"你说的是几年前那屠宰车间……"小艾说到这儿，可能也觉得自己话有点多，忙打住了，"唉，我们还是别说那些过去的事了。你回去了，这璐璐肯定也会很喜欢你这个漂亮的姑姑的。"

"姑姑……我都已经当上姑姑了？"此刻的白禾，完全没有了之前那种紧绷的感觉。她的神情开始变得放松，话语变得没那么警觉,俨然是一个和人唠着家常的普通女孩的模样了。

"那你再说说,我的嫂嫂是什么人?漂亮吗?"她又问道。

小艾点头:"慧慧姐自然是漂亮的。白禾,你知道铁匠吗?"

白禾摇头,但又连忙点头:"知道,知道,就是你那个什么远房亲戚吗?叫什么铁匠来着?水果铁匠?"

小艾笑了:"他是我表姐夫,不过现在他都不叫水果铁匠了,叫无鸡铁匠。"

白禾问:"啥意思?你表姐夫不卖水果了,卖乌鸡了?"

小艾:"别提了,那是整个南陆市最大的笑话。嘿,我先要告诉你,你嫂子,就是铁匠的亲妹妹王慧慧。不过这里说的铁匠,是大铁匠,不是我那远房亲戚水果铁匠。我们家那水果铁匠啊,在大铁匠也跟着混蛋哥开始混市里后,越发觉得自己没有面子。以前人家都只是在区分两个人的时候才在前面加水果这个前缀。后来倒好,看见我表姐夫后,就都直接喊上了'水果铁匠'这么个名。更有甚者,把我表姐夫最看重的'铁匠'这两个字都给省了,直接叫他'水果'。"

"这不是挺好的吗?"白禾再次单手托头,饶有兴趣地听着。

"可我表姐夫自己受不了啊,所以,他就总想在街面上闹出点大动静,得到一个真正威风的名号。有一次,在好多社会人都在的场合里,他和另一伙人斗狠,就想要出风头,摸出了一把自制的那种铁砂枪,还拉了枪栓,做出了一个真正狠到要扣动扳机的模样。当时在场的人也多,自然是打不起来的。说和的人左一句右一句,我表姐夫就将铁砂枪插到裤腰带上,却忘了拨回那枪栓。然后……"小艾自己也笑了,"然后,那枪就响了。"

白禾也哈哈大笑:"后来呢?后来怎么样?"

小艾继续道:"后来,社会人里也有热心人,就把捂着裤裆在地上打滚的他背去了医院,躺了半个月。据说,那铁砂枪在裤裆里只是炸膛而已,喷铁砂的杀伤力完全没有爆发出来。不过,大家茶余饭后就开始讨论了,说这没伤筋没动骨,可裤裆里的皮肉物件,总会有损吧……"

白禾笑得捂嘴了:"明白了,所以……所以他现在就叫作'无鸡铁匠'。"

小艾点头。他看白禾的状态由之前的紧绷逐渐变得松弛,便将手伸向桌上的手机,并尝试问道:"白禾,要不……我们现在和你哥通个话?"

白禾收住了笑,她再一次看对面那美立方小区的大门,然后想了想:"不打吧。小艾,不瞒你说,这些年里,我也经历了很多事。到底是不是还能够回南陆,我心里也没有分寸。嗯……你也不用多想,我并不是排斥跟你走。只不过……只不过……"她耸了耸肩,继续道:"这世界这么大,谁能想到在这么个下雪的晚上,能够遇到你呢?有点突然,我还没做好思想准备呢。"

小艾隐隐约约明白了白禾的意思,对于白禾来说,被自己找到这事,确实也太过出乎意料了。所以,他也不笑了,正色解释道:"白禾,你不能这么讲。我今天在这风城与你的相遇,对于你来说是突然的;可是,对于你哥来说,就是始终要寻到的一个结果。实际上,这全国上下各个城市里疯跑着的人,并不止我一个。你记得你哥之前身边的那几个好兄弟吗?正义哥,还有王百顺。嗯,还有我们隔壁班的那个邓志伟。对了,还有我们油田子弟学校以前的校警,那个姓陶的。我们这些见过你的人,在这几年里,基本上都一直是在外面到处晃荡着。每天也不用干别的,就是到各个热闹繁华的城市里,在街上走,看每一个和你年龄相仿的姑娘的模样。白禾,你哥现在很有钱,干房地产了。而他每年投入在找你上的钱,没有个百万,也肯定有七八十万。"

"他……他怎么这么傻呢?这也太难找到了呀!"白禾咋舌,"一年还要花这么多钱……七八十万啊……"说到后面,白禾的声音变小了,她好像突然想起了什么,又开始扭头,去看那美立方小区的大门。几个小时前,她在那大门口和刘猛分开时,刘猛还搓了搓手,并将帽子往下压了压,对她说道:"这趟,没有个百八十万,我是绝对不会回来的。有了这笔钱,我们就离开北方,去西南那边待几年。成都就挺不错的。"

几个小时前的那个白禾,对刘猛点了点头。"最起码也得这个数,否则……"白禾回头看了一眼身后那4栋的顶楼,说,"否则,也对不起我们犯下的这么大的事。"

而在她所望向的那个顶楼上的红砖房里,一个五十多岁的高大男人,正被锁在铁笼中。他身上一丝不挂,在这寒冬的低温中瑟瑟发抖。他的双手抬起，被手铐铐在铁笼最上方的不锈钢管上。所以，他就算想要通过蜷缩身体，来守护住身体里最后一点体温，也无法施展开来。他脸上红一块紫一块，额头位置还有一个已经凝固的黑红色伤口。在他的嘴里，塞着一双黑色的丝袜，正是此时此刻白禾身上穿着的同一款。

他努力抬头，尝试要看这世界一眼。他的意识开始变得模糊，昏昏欲睡。他明白，此刻自己眼皮一旦合上，可能就再也无法苏醒了……

他很后悔，后悔自己昨晚在苏门夜总会的V1包厢里，做出的一个错误的选择。

2.吴森林的噩梦

2006年1月24日，是大明车行举办年会的日子。大明车行是风城最大的一家平行进口车车行，一共有六个门店，每个门店都有五六千平方米大。这车行的老板，是靠做机油生意起家的吴森林，五十五岁，个子很高，年轻时候当过运动员，所以身体底子不差。到如今年过半百，整天又是烟又是酒，没事还喜欢在夜场里玩乐，所以变得肥头大耳。

年会后，车行老板吴森林就提出请车行的几位部门经理找个地方聚一聚。那几年，做车行的赶上了好时候，还挺赚钱的。吴森林心情大好，领辛苦了一年的骨干们好好放松一下，也是很有必要的。

吴森林就给苏门夜总会的梅总打了电话。梅总对外名义上是苏门夜总会的副总经理，实际上就是夜总会的一个销售。要知道，能够到这苏门夜总会消费的，非富即贵，都是风城里有头有脸的人。所以，为了让这些人享受到一种和他们身份对等的感觉，苏门夜总会就把销售部里每一个人的名片，都给印上了副总经理。于是，当夜色降临时，各行各业的各位总经理们，就会给和他们一样也是总经理的苏门夜总会的销售人员打电话订房。这样子，他们的对话就会特别高端。比如梅总接了吴森林的电话后，会说："吴总，怎么今天有时间给我打电话了啊？"

吴总就会说："梅总，我想你了呗，想你就给你打个电话啊！"

梅总开始笑，且尽量让自己的笑声能够通过手机的话筒传递到吴总的听筒那头。她的笑声好听，来苏门夜总会做销售之前，她是在步行街卖鞋子的。那时候，就有很多人说过她的笑声好听。可笑声再好听，也挡不住大家都开始在网上购物的趋势了。所以，当时叫梅子的她的鞋子就不好卖了，最后只能关了铺，应聘到苏门夜总会干销售……也就是干这个"副总经理"。

梅总笑完说："说吧，多少人？要大房还是中房？我给你开好酒，醒着，等你来的时候正好喝。"

吴总说："就别开我的存酒了，弄点啤酒喝喝就可以了。今天不是接待兄弟和客户，是领着我手下那些小伙子们出来见识见识。不过，房间还是来个最大最好的。V1还在不在？也让小伙子们见识下最豪华的房间是个啥样。"

梅总又开始笑了，脸上那廉价的粉往下掉："没问题。

对了,吴总,我们这儿还新来了一批小姑娘,里面有一个长得挺俊,以我对你的了解,铁定是直接戳中你的审美点上的那种。"

"是吗?那我一会儿过来,就挑她。嘿嘿,叫啥?"吴总随口问道。

"姓劳。"梅总回答道,"叫劳云子,大家都叫她云子。"

吴总之所以不让梅总开自己的存酒给下面的员工喝,倒不是因为小气。他的车行利润高,靠的就是这帮小兄弟们。这一年下来,难得领他们出来玩一下,花上点钱,在吴总看来,再多都是可以的。只不过,这些年轻人喝酒喝不出好坏,就好像他们抽烟始终得吸入肺里面去一样。吴总之前给他们一人派过一根"高希霸"的古巴雪茄,他们吸几口后,还对吴总吐苦水说太苦了,没有香烟那么丝滑的芬芳。

就这么一群臭小子,给他们开点好酒,也被他们当普通饮料一般喝掉了,没必要。

既然要让他们好好地玩一晚,那陪酒小姐也是不能缺的。七八个小伙里,也有腼腆的,说:"哥,我就不挑了,我过完年就要结婚了。"

吴总的肥手上夹着一根又粗又长的雪茄,故意瞪眼:"谁还不是过完年就要结婚呢?这不是还没过年吗?都得叫上伴儿。"又说,"又不用你们自己掏钱,还想要给我省钱吗?省下钱了,我也不会折现给你们。除非是你们这些臭小子身体不好,喝完酒后的下半场自己完成不了。"

所有人都哈哈大笑。这时，坐在吴总旁边的叫作云子的姑娘，就凑过头来："哥……你们……你们一会儿还要带我们出去的吗？"

吴总"嗯"了一声，见这叫作云子的姑娘露出一个拘谨的模样，心里就生出一种奇怪的感觉。吴总父母都是老师，自己当年也是那种老牌大学生。所以，最初的他并不像现在这么油腻，而是后天被社会给带成这么个圆滑商人的模样。混夜场多年，他每每在面对这种一看就知道是初出茅庐的小姐时，就总是会不由自主地生出怜香惜玉的情愫。而这也就是为什么梅总会说这姑娘一定对他胃口。刚来，放不开，却正好迎合了吴总内心深处那一点点对单纯女生的喜好。

于是，吴总也和云子一样，凑到对方耳边，问："怎么？你不方便？"

云子脸红了，低下了头，说："我……我方便。嗯，要知道……嗯，我是方便的，因为……因为我缺钱。"

吴总的心都要化了，恨不得现在就搂着对方进房间里，然后将对方压在身下，并用很负责的声音对对方说："只要你听我话，钱的事，不是多大的事。"他见多了女人，自然觉得这种小姑娘所缺的金额，也就那么回事，自己洒洒水便足以让对方感恩戴德。他也不可能猜得到，在这个化名劳云子的女孩的身后，一张大网正在对他慢慢展开。

午夜十二点半，梅总就拿来了楼上房间的房卡，递给吴总。吴总将房卡给小伙们一一派发，然后说："我也不会赶鸭子上架，能安排的我都安排好了。你们是去楼上打会儿牌还是做其他的，我就不管了。"

小伙们就问:"吴总,您自己不上去吗?"并对着吴森林搂着的云子贼眉鼠眼地笑。

"我……哈哈……我有点事,得赶回家。"说完,他搂着那微醺且怯生生的云子就往楼下去了。他倒不是真要回去,而是这叫作云子的姑娘,说自己还在附近的大学上学。如果跟着吴总上宾馆房间,遇上查房的就糟了。吴总自然是不怕这种事的,遇上了他也能解决掉。但之前我们说了,他骨子里还有一些对于自己书生气时代的缅怀情愫。所以,他就答应了云子不去开房,而是上云子租的小屋里。

吴总还问她:"那你家里有人没?"

云子说:"我双胞胎姐姐有时候也会在家,她和我不一样,她早就上班了,在酒吧里卖酒。"

吴总心里就乐开花了。这在酒吧里卖酒的姑娘,十个有八个都很放得开。自己今晚上调教一下,肯定会度过精彩纷呈的一夜春宵。

就这样,两人下到停车场,吴总却开始打嗝。这一打嗝,冷风就灌进去了。然后,老司机出现了新问题,一年三百六十五天要喝三百六十天酒的他,居然蹲在停车场路边吐了起来。刚吐完,云子就一边拍着吴总的背,一边柔声问:"哥,要不要我帮忙开车?"

吴总愣了一下:"你还会开车?"

"嗯。"云子点头,"我高中毕业那个暑假就考了驾照,只是开得不多。"她并没有全说假话——她确实开得不多,但驾照却是压根就没去考过。教她开车的人,叫作刘剑。而她学车的那会儿,高中也还没毕业。不过,就是这么一个没摸过几次方向盘的小女孩，在那起令整个南陆市轰动的紫玉山庄大案里，竟然凌晨一个人打车到了南陆市的帝豪大酒店，并开着刘猛的那辆马自达到了紫玉山庄小区门口。而她的人生，也自那一天开始，从阳光普照的光明世界，彻底跌入了阴霾笼罩的漆黑之中。

是的，化名为劳云子的女人，正是2002年离开了南陆市的白禾。在这几年里，她和刘猛四处乱窜，居无定所。带出的那点钱，早就花光了。于是，他们通过白禾在夜场里寻觅有钱人并领回家的方法，实施了四起绑架案。而收到了人质的家属给出的赎金后，他们并没有选择按照约定行事。

在四个不同的城市里，刘猛和白禾留下了几具冰冷的尸体。而他们自以为聪明的流窜作案的方式，也没有逃过警方的火眼金睛。由公安部督办的缉拿"仙人跳"双狼行动，早已将犯罪嫌疑人的真实身份完全锁定。

吴森林醒来时，已是半夜。他感觉身上有点冷，便下意识地去扯被子，但紧接着却发现，自己并没有在某一个温暖的床铺上，而是被绑在一张木椅上。他开始挣扎，可压根就无法动弹。他想要呼喊，却只能发出"呜呜呜"的声音。这时，他才开始打量四周，发现自己是在一个有着暖色灯光的老旧房子里，房子里还整理得挺干净。在他正对面，坐着一个矮壮的秃头男人。这男人眼神里泛着凶光，一边抽着烟，一边冷冷地看着自己。

吴森林脑子里嗡嗡一阵响，立马意识到自己这是被人给绑了。他再次挣扎起来，也再次开始呜呜呜地叫唤。对面那男人站了起来。吴森林以为对方会拿掉自己嘴里塞着的东西，然后开始跟自己谈条件，或者说今晚此举是因为生意纠纷或社会上输赢的破事。可让他没想到的是，这男人站起后，没拿烟的那只手上，居然是一个很大的铁扳手。他往前一步，举起扳手，直接就朝着吴森林的脑袋上砸了过来。

吴森林右边眼睛瞬间被黏稠的液体给糊住了，剧烈的疼痛袭来，仿佛自己的脑袋直接被敲成了两半一般。那男人却没有停下，他继续挥舞着扳手，往吴森林身上砸。只不过，这次他没有砸他的头，也没有照着他身体的关节上招呼，而只是让他吃足够的苦头罢了。到最后一下没砸好，吴森林连人带椅子，被砸得倒在了地上。他脑袋上的血，直接流到了地板上。

这时，吴森林看见从旁边房间里，走出了那个之前在停车场说开车领自己回家的云子。他的记忆开始往前，隐隐记起，自己在上了车后，好像就醉得睡了过去。也不对，这点点啤酒，自己怎么可能会醉呢？难不成是……难不成是自己遇上了传说中的仙人跳，被人下了药吗？

此刻，那叫作云子的女人快步进来了。她皱着眉，很生气的样子。吴森林抱着一丝侥幸，想着这种人拿捏自己，始终只是为了钱而已。一个人唱白脸动手打自己，那么，另一个唱红脸的，怕是就要登场并开始对自己提要求吧？

吴森林希望如此……

但这个叫作云子的女人，并没有说出他想要听的话。相反，她对着动手打自己的那矮壮男人很生气地说道："不是跟你说了，不要弄得到处都是血吗？专门弄了个笼子放在外面,就是不想把吴阿姨这房子弄得脏兮兮的。吴阿姨没儿没女,一个人过得辛苦。她好心好意把房子租给我们,咱不能让人家之后后悔吧!"

矮壮男人,正是那把人性命看得如同蝼蚁一般的刘猛。他耸了耸肩,打着哈哈,连忙解释道:"不是一动上手,就没轻重嘛。"

这云子——也就是白禾,从旁边找出一块抹布来。她抓起吴森林的头发,连带着将他脑袋提溜起来,然后把那抹布往下一塞,这是怕吴森林的血渗到地板里去了。

吴森林再次呜呜呜地叫唤起来,但这次,他的叫唤并不是指望着能和对方谈谈条件,而是想要叫爷爷唤奶奶,先赶紧求饶,少挨几下打再说。

白禾却压根就没搭理他。她站了起来,往后退了两步。那位置有一个老旧款式的布沙发。她坐到了沙发上,双腿盘起,一只手搂着腿,另一只手托着头。她用一个很舒服的姿势,开始像看一只动物园里的大猩猩一般,冷冷地看着地上的吴森林。

她的眼神,让吴森林毛骨悚然。他的身体开始不由自主地颤抖起来,嘴里继续发出呜呜呜的声音。矮壮男人又一次举起扳手,要往下砸。这时,白禾说话了:"够了,够了,别打了。你看这家伙的模样,不要像之前那次一样,再打一会儿,给弄得大小便失禁,难闻死了。"

刘猛这才收了手。

地上的吴森林越发清醒了,他现在特别希望对方开始和自己说话,说说是什么原因弄自己,是单纯的"仙人跳",

还是某个对手的指使。不管他们提什么条件,他其实都会选择答应的。可对面这两人却压根就没有想要和自己对话的样子,反倒是拿出一个布袋子,将吴森林的脑袋也给罩住了。紧接着,吴森林听到男人说话的声音:"你先睡吧,我看会儿电视就是了。明天忙一天,杀完这头猪,我到晚上再补上一觉。"

紧接着,就是女人的应允和拖鞋嗒啦嗒啦走远的声音。然后,是电视被打开的声响。再后来,那男人应该是靠在了沙发上,非常平静地开始说话:"姓吴的,今晚上呢,你就给我乖乖的,好好想想自己愿意拿出多少钱来了了今晚上的事。还有,你自己也帮咱琢磨个方案,看看怎么能够保证我们痛痛快快拿到钱,开开心心离开风城这个破地方。明早,我希望听到你提出的一个比较周全的方案。如果那方案很一般的话,那我们就照着我们的套路来行事了。嘿嘿,给你说说我们的套路……"到这里,他说话声停了一会儿,打火机的咔嚓声响了一下,应该是点上了一支烟,然后声音继续:"我们的套路比较简单直接,就是先下你一只手,拿去你家表示下诚意。接下来,你的家里人,应该也会回报我们足够的诚意吧。"

蜷缩在地上的吴森林终于忍不住了,他开始哭泣,但是这次,他却并没有发出呜呜呜的声响了,而是闷在那布袋子里,任由眼泪、鼻涕和血水一起往外流淌。他开始无比害怕,也万分懊悔。很多年前,他刚开始赚到一点钱的时候,被人领着下夜店喝酒玩乐过后,回到家,面对着发妻和孩子,还会有负罪感。到这灯红酒绿的生活过习惯了后,这种负罪感便消失殆尽了。

而此时此刻,他开始清晰地意识到,自己一度担忧但又欲罢不能的堕落生活,早就将自己麻醉。而在这每天花天酒地的下坠的方向上,并不是无尽的深渊。相反,居然还真的有一个悬崖底端。但在这悬崖底端,潜伏着的是能够将他生命完全吞噬的恶魔。而他——吴森林,这个曾经也意气风发的少年郎,在经年累月后,终于成为最初的自己不愿意成为的那个人。于是,他也必须承担自己不愿意成为的那个人需要面对的结局。

这个夜晚对于吴森林来说,是极其煎熬的。身体的疼痛,已经不足挂齿。他需要尽快构思对方要自己制订的方案,并小心翼翼地算计拿多少钱才能令对方满意。也是在这盘算的过程中,他心底居然慢慢浮起了一丝丝自信。因为他开始意识到,对方既然是要钱,那么将他们喂饱不就可以了吗?三十万?五十万?只不过,家里好像也没有这么多现金。或者,是否还有一种可能,就是不需要让家人知晓,直接让某个朋友送钱过来,就能够换回自己的自由身呢?

普通人对于罪恶的残忍程度的下限,是完全没有丝毫预判的。同样,吴森林也不会想到自己的结局早已经是注定的了。那双钳住了他的脖子的手掌,早已开始蓄力,如果不把他完全榨干、令他死去,就压根不会罢手。

夜晚,终于结束。吴森林心心念念能够出现转机的新的一天,也终于来到。早上,他的头套被摘掉了。他连忙紧闭着双眼,不断地点头。这时,那男人的声音又响起了:"我现在要拿掉你嘴里的袜子了。我不喜欢听噪声,那个词叫什么来着？什么分贝吧？分贝太高，我就马上割下你一只耳朵。"

吴森林依旧紧闭双眼，不断点头。然后，他嘴里塞着的东西被掏出去了。他的腮帮子一下松弛下来，身体也总算感觉到了一丝丝舒坦。他小心翼翼，生怕自己声音太大，令对方生气。他柔声说道："大哥，我知道规矩。我不看你们的脸，我好好配合。"

女人噗呲的笑声响起了："嘿，电视看得挺多的嘛！啥都知道一点。"

那男人的声音应该也是在笑了，且命令道："睁开眼。"

吴森林连忙说："不了，不了，我好好配合。"

一个耳光，就扇到了他脸上。男人骂道："是你说了算，还是我们说了算？"

吴森林没法子，只得将那只还能完全睁开的眼睛缓缓睁开。只见昨晚那秃头男人和那叫作云子的女人，一人搬了一个小板凳，坐在了自己跟前。

男人说："说说，拿多少钱买自己的命。"

吴森林说："你们要多少，我就凑多少，我尽量。"

男人狞笑道："你当谈买卖啊？我们开价，你再还价。"接着，他又正色起来，恶狠狠地瞪着吴森林："老弟，我也不瞒你，老子杀过人，而且不止一个。被逮住了，反正是个枪毙，加上你，也不会因此加多一枪的。所以，你……嗯……"他撇了撇嘴，又补充了一句："你诚恳点，做人做事啊，彼此都真诚一点，合作起来就舒服些。"

"那……"吴森林开始用上自己昨晚预先想好的词了，

"我公司里应该还有三十几个的现金,然后我们财务应该还可以调来一二十个现金。"他说的"个",就是"万"的意思。"当然,两位大哥,哦,不,大哥和大姐,如果你们愿意等的话,我们每天还可以去银行取十个,这个是有限额的,没法子改,要大金额必须预约。只拿十万的话,每天都可以正常取,明天可以取十万,后天也可以再取。只是……只是我怕会不安全。"

秃头男人又扇了他一巴掌:"怎么了,这是当我啥都不懂吗?老子出来之前,在自己老家也开过大公司,说不定比你的公司还要大呢。"刘猛自然是开过公司的,他那宏图公司,在他将搭档古经理弄死后,就一天不如一天。之所以如此,也都是他刘猛自己的"功劳"。

吴森林着急了:"哥,你昨晚不是说要我想个周全的方法吗?所以,我也考虑到您二位的安全。要知道,如果我真的一整晚加今天一整天不回去,我怕我家人会报……"说到这儿,他连忙住口了。因为,他看到坐在那秃头男人身旁、穿着皮衣皮裙和黑色长丝袜的女人,露出一种让人毛骨悚然的笑容。

她笑着,将头凑了过来:"报什么?说出来!来,大胆地说出来!"

"没什么,没什么。我现在就给我们财务打电话,让他准备。最起码能凑出五十万,能不能更多,我让他想办法。"吴森林避开她的眼光,急急忙忙说道。

秃头男人点了点头:"你想了一整晚的方案,看来可以让我给你总结一下了。你呢,想要花五十万,买自己的命。

然后呢,你也不想让你家人知道,只想要你公司的财务跑跑腿,就把这事给办了。得!那我大概明白你的能耐的上限在哪儿了。现在,你给你媳妇打电话……嘿,你可别说你没媳妇。昨天晚上她还打了三次电话过来,我们没接而已。你呢,就跟她说,你打牌……咦,你打不打牌的?"

吴森林连忙说:"打的,打的。"实际上,他并不打牌,他只是喜欢喝酒泡夜店,从不打牌。而刘猛此刻的建议,对于吴森林这精明的生意人来说,无疑就是拥有了一次给人发信号的机会。

刘猛这么一个社会人认知中的中年人的世界里,怎么可能会有不打牌的人呢?所以,他压根就没深究,继续道:"你呢,就说你打牌输了不少钱,借了高利贷。然后现在人被扣了,需要八十万现金才能回家。你还得说,自己有欠条在收钱的人手里,见条子再给钱就可以了。嗯,吴总,你觉得我的这个小小建议怎么样?"

吴森林连忙说:"不敢不敢,都行,都行。"

"嗯。"刘猛继续道,"八十万,能凑出来不?你自己估摸着。"

吴森林面露难色:"一下子这么多现金,怕是……"

"没关系,我去你家,在你家客厅里坐着。然后你媳妇啊,还有你说的财务对吧,这些人都可以多想想办法。凑得足够了,我拿钱走人。凑不齐的话,我等着就是了。而至于你家人如果有什么坏心思,想要逮住我的话,我呢……我们就是吃这个绑架勒索的饭的,自然是有我们的法子。"说到这儿,他将自己的外套掀开,只见里面绑着几根雷管,

"嗯，如果你家人心眼坏，那么，我就扯着……嘿嘿，我就扯着你家老小，一起完蛋。至于你……更加不用说了。"

吴森林哭着哀求道："大哥，大姐，别上我家去吧。孩子今年高三……不要……"

他后面的话并没有说出来，因为那双黑色的丝袜，再次被塞进了他的口中。

接下来，又是很长时间的无人搭理。吴森林能听见他俩在打电话叫外卖，然后是送餐的人将吃食送了上来。吴森林早已饥肠辘辘，他想当然地以为，那外卖到了后，这男女应该会喂一口食物给他。那么，他一定会趁着这个机会好好说话，不再耍弄小心思。目前看来，能保命就可以了，别的还去想那么多干什么？至于怕家人知道……去他的吧！能活着离开这里，比什么都好。

结果，一切完全不是他预期的样子。那一男一女并没有考虑过要让他吃几口东西。相反，他们好像完全不把自己当回事了一般，开始聊天说话，说的居然还是最近电视台在播的那连续剧里的剧情。

其实，不与他进行太多沟通，这也是刘猛使用的策略。他做生意不行，但在那劳改农场里待了那么多年，对人心的阴暗面的了解早已是个专家。他之前对白禾是这么说的："人和人啊，越是交流得多，对方越是不会害怕你。而只有完全不交流，不沟通，他们才会变得惴惴不安、无比惶恐。"

当时刚跟着他出来干第一单的时候白禾就问："这是为什么呢？"

刘猛说："他们会脑补很多可怕的结局，把自己吓得要死。"

当时的白禾就说："最可怕的不就是要他们的命吗？"

刘猛笑了："他们不会认为我们会要了他们的命，他们总会对于人心的美好抱有一丝丝期望。"

当时的刚满十八岁的白禾就吐了吐舌头："哎！我还以为他们能想出比我们要弄死他们更加可怕的后果呢。"

刘猛拍拍她的头："实际上，我们也可以不弄死他们的。收完钱，我们远走高飞不就可以了吗？"

白禾摇头："还是……还是弄死吧！保险一点……"

而这，就是在这个白白净净、容貌姣好的小女孩内心深处，一个真正可怕的灵魂的真实面貌。就像……她在当年，刘猛刚出狱那一天遇上她后，她轻描淡写地要求刘猛杀死她的老师一样。

就像……她在2002年，要求刘猛杀死她在补习班的同学白丽蓉时一样。

就像……就像……她在南陆市的那天下午，穿着白色长裙，系着浅蓝色发带，缓步来到宏图公司楼下，上了刘猛的车后，去往帝豪大酒店，上楼，进房间，任由刘猛占有自己身体时，她所提出的条件——杀死她哥哥的未婚妻汪小涵时一样。

下午两点二十分，睡了个午觉的刘猛和白禾，再次将吴森林的头套掀开。这一次，他们让身心已经无比疲惫且恐惧到了极点，只想要早点了结这一切后重获自由的吴森林，给他的妻子和公司的财务，各打了一个电话。

吴森林按照刘猛的吩咐，要他们现在就去凑现金，放到他家里。不过，在这个电话里，刘猛并没有让吴森林告诉他们有人要上门拿钱，而是让吴森林说他自己五点钟左右会回家去拿钱。

吴森林很配合，按照刘猛的要求，将这些话都说了。当然，他也说了自己是打牌输了，所以急需要现金。说这话的时候，话筒那头，他们公司的财务部经理老霍非常明显地停顿了一下。吴森林对老霍非常了解，他心思缜密，做事顾前顾后。所以，吴森林相信，老霍一定会赶紧询问昨晚跟着自己出去的那几个同事。然后，他也一定会发现出了问题，且尽全力想出一个真正万全的、能够保证自己安全回到家的方案。

也不知道应该说他是高估，还是低估了老霍……在挂了这个电话后，老霍确实连忙找到昨晚跟着吴森林去夜总会的人，了解了一下情况，又循着这条线，居然还问到了梅姐的电话，然后从梅姐那儿知道了吴森林跟着一个叫云子的女孩走了。但这个云子的电话号码，已经打不通了。最后，他和同样接了吴森林的电话、同样有了疑心的吴森林的妻子通了个电话后，决定还是报警。而这个报警电话，在接线员接到线索后，就在第一时间被转接到了风城公安分局刑警队里。在这里，来自五个不同城市的公安同志，早已集结在一起。其中，有侦办2003年"11·12海阳市碎尸案"的海阳市刑警，有侦办2004年"3·12苏门焚尸案"的苏门市刑警，有2004年"9·21彭川市海洋夜总会双尸案"的彭川市刑警，还有2005年"12·13古浪岛情侣劫持虐杀案"的古浪岛刑警。

另外，还有来自南陆市公安局刑警队的薛铁锤警官和沈晓乐警官。

他们这些人的目标，都锁定在同样的两个人身上。这两个人就是已被确定抵达了风城半个月的极度危险的连环杀人案犯罪嫌疑人——刘猛和白禾。

3.风城警方的发布会

刘猛是下午四点出头离开的美立方小区。出门前，他又用那个扳手敲了吴森林一下，然后将他拖到了天台上的配电房，锁进了笼子里。为了以防万一，他们还将吴森林身上的衣裤都脱掉了，又把他的双手铐到了铁笼上方。至于吴森林这样站着，在这么个大雪天里能熬多久，他们压根就不在意。因为自始至终，他们就没想过要让吴森林活着离开这栋楼。而之所以不急着要他命，也算是给自己一个最后的保险而已。至于这个保险什么时候用、能不能用上，他们并没有具体想法。

一切安排妥当后，刘猛和白禾就下楼了。他们和平日里一样，有说有笑地到了美立方小区门口。这个位置因为偏僻，所以出租车不多。但今天他们运气不错，刚到门口，就有人从出租车里下来。刘猛就笑了，说："这也算是个好兆头吧！"

白禾点了点头，然后指了指小区对面的一家老旧咖啡厅，说："我就在那边等你。"

刘猛点头，上了车。他跟司机说了吴森林说的那个小区的名字:"到正远桥的海云城小区。"

司机说:"好嘞。"然后就要掉头走。

刘猛说:"等一下。"

他将车窗放下,对白禾说:"等到八点,我如果没回的话,也不要给我打电话,自己走。"

白禾自然是明白他这话的意思的。这些年里,与其说是她被刘猛挟持着始终在外流浪,不如说是刘猛在始终努力地保护着白禾,让她不吃苦受累。刘猛这人,当年在贺清明和大圣把他从劳改农场接出来的时候,就是个穷凶极恶的亡命徒。但他这个亡命徒有自己的原则,就是始终有恩报恩,有仇报仇,绝不拖欠。

刚出狱的那个晚上,他就唤上了懵懵懂懂的大圣,上油田里去偷井盖。可也是运气差,遇到当时抓"油耗子"的行动,被抓了个现行。他跑了,大圣被逮了,之后大圣被劳教一年,耽误了和贺清明一起在青龙城里起步。两人之后几年的恩怨,不就是为了这事吗?

末了,那天晚上,他一个人在油田的草丛里,躲了有一两个小时,大气都不敢出。到确定没啥事了后,再悄悄钻出来,就遇到了那晚在油田马路上游荡的白禾。

要知道,这刘猛在年轻那会儿犯下的事,就是强奸杀人。所以当时看到那年少的白禾,就起了歹心。他思前想后,最终觉得还是罢了,毕竟自己刚出监狱,总不可能说这么多年牢饭白吃了吧。尽管如此,他还是没忍住,上前和这小姑娘搭讪,且自己还给自己做心理建设,说是做点好事,送这走夜路的小姑娘一程。三言两语下来,小姑娘为了吓跑自己，就说出了他大舅是郭连环的事来。

郭连环在劳改农场里救过刘猛一命。当时是刘猛推着的运石头的那种两轮车的一个车轱辘突然坏了，而那会儿又正是下石山的路，刘猛一脚打滑，就从那光秃秃的石山上滚了下来。郭连环正好在旁边，他脑子没有那么灵光，不会去琢磨某件事该干不该干。看到刘猛往下滚，郭连环就扑了上去，一把抓住了刘猛的胳膊，把已经滑到了那石头山边上的刘猛给扯了回来。然后，郭连环还嘀咕道："妈的，差点把我也弄下去给摔死了。"

所以，在劳改农场的那些年里，刘猛对郭连环是言听计从，也帮过郭连环很多。其实真要算起来，应该能扯平了。到出狱那会儿，郭连环也和刘猛说了："以后咱不亏不欠，各自混好就可以了。"

话是这么说，但刘猛心里有个坎儿，总觉得自己欠郭连环一条命。当白禾说出大舅名字后，刘猛就说："那就是自己人，你大舅是我的兄弟。"他又想了想，说："你大舅好像也对我说过，他在油田里还有你这么个小亲人在。"末了，他还说："我就是和你大舅郭连环今天一起离开石山劳改农场的兄弟。从今天开始，我们都要体验新生活。"

白禾就问他："那你也是杀人犯吗？"

刘猛一愣，接着也没隐瞒，照直说："是。"

白禾就低着头，沉默了一会："既然你和我大舅一样都是杀人犯，那么，你可不可以帮我一个忙？"

当时的刘猛，是奔四十岁的人了。他刚成年那会，就进了监狱。这么多年里，什么时候遇到过这么一个长得俊俏的小姑娘，对自己怯生生地说话，怯生生地提出恳求呢？于是，那一晚，他就答应了白禾的要求，去了油田子弟学校的教师宿舍，犯下了他出狱后的第一桩命案。之所以还要把人头扔到屠宰车间家属院门口的那马路上，是因为刘猛总想着要给郭连环表现一下，说明自己把欠郭连环的那条命给还了，尽管郭连环永远不会知晓刘猛的这个交代。甚至那时的郭连环，正因为大闹澡堂，被铐在油田派出所里生闷气呢。

也就是说，白禾这个女娃娃，对于刘猛而言，就有点像是刘剑对于白禾的那种感觉。在白禾最无助的时候，刘剑出现了，抱起她，还告诉小小的她，会永远保护她。同样，在刘猛出狱的那个夜晚，骨子里的他，其实是无比惶恐与迷惘的。然后，在这么个节骨眼上，他遇到了为他"点亮了光"的人。

这个人，就是白禾。

所以，只要是白禾对他提出的要求，他基本上都无法拒绝。因为他心底对白禾的定义，是在自己处于最低谷的时候，唯一一个将自己当成一个真正的男人的女孩。

"刘猛永远不会辜负白禾。"这句话，是多少个夜晚里，一身汗的刘猛搂着和他一样赤条条的白禾，在被窝里时常说的一句话。

白禾听了，面无表情地点了点头。

美立方小区对面的这个咖啡厅，其实只不过是挂着一个咖啡厅的招牌而已。和它所坐落的老城区一样，这家咖啡厅也有了不少年月。屋子里还算整洁，但其间的每一个细节都显露着它的陈旧。实际上，这里的主营业务也不是卖咖啡，而是将后面的五个包房开给小区里的老人打牌用。老人打牌，一个人收十块钱，还要一人送一杯西湖龙井茶。遇到那种小气的老人，一杯茶加了两次水后，就会要求老板德哥给换一次茶叶，重新泡一杯，并说自己喜欢喝浓茶。实际上，不过是想要把自己那十块钱给多喝一点回来。

咖啡厅的老板德哥倒也不在意，毕竟他这所谓的西湖龙井也是他在网上买的，四十块钱一大包，能泡个一两百杯。再说了，小气老人只是少数，真遇上他们，抓茶叶时，德哥也会故意少放一点。

所以，当白禾走进这家咖啡厅里要一杯咖啡时，德哥有点不适应。当然，并不是说他这外面的大厅就是不营业的，天天也有人在，但都是他自己的朋友，聊个天、说个话而已。像今天来这么一个年轻好看的女顾客的机会确实不多。于是，德哥收了白禾二十五块钱后，就给她冲了一杯速溶咖啡。为了让这姑娘喝不出是速溶咖啡，德哥还贴心地多加了半杯牛奶。毕竟，做生意得讲良心才能持久。收了人家钱，就要给人家最好的服务。

末了，德哥看这穿着皮衣皮裙的女孩拿着烟，就还送了她一个打火机。女孩端着这杯放了半杯奶的速溶咖啡，拿着德哥送的打火机，坐到了咖啡厅门口的那小桌子前。那位置，有德哥养的花花草草，收拾得也算雅致。但这下雪天，坐门口始终还是会有点冷。德哥想问上一句的，后来看那女孩坐那儿还挺惬意的模样，便将话语给咽下去了。

过了一会儿，德哥进去给打牌的老人们加了次开水后再出来，就发现那女孩身旁，多了一个年轻小伙。小伙看着也挺清秀，但是冲着女孩时，总是会露出一副谄媚的表情。德哥暗想：现在的年轻人啊，遇到女孩就卑微成这个模样，不比自己年轻那会儿，小伙们都挺有男子汉气概的。

接着，就是厅里那大电视上突然插播紧急新闻。这时，穿皮衣皮裙的女孩就进来了，抬着头一本正经看着新闻，眉头开始皱得跟麻花一样。末了，她和德哥还说了两句话，德哥觉得这女孩好像在琢磨什么事一般。接着，她的眼睛里突然亮了一下，那眉头也一下子舒展开来。德哥想，许是她将琢磨的事，突然间想明白了。再接着，德哥还留意到，女孩嘴角开始上扬。她转身，朝着外面那小桌子走去，继续和那穿着羽绒服的年轻小伙说话了。

是的，没有人知道，在那一刻的白禾的内心世界里，到底在想些什么。命运就是这么神奇，当一扇门被关上时，就会给你开一扇窗。对于白禾来说，属于她的人生分岔路口，来得这么突然，又这么及时。如果此刻新闻里说的事，真是让刘猛遇上了。那么，他就很可能回不来了。但转机在于，此刻这里不是已经有了一条新路可以走吗？跟着小艾回去，贺清明不管怎么样，应该都会护着自己的周全的。

意识到这一点后，她那一直悬着的心，突然一下落下来了。之前几个小时始终不安的情绪，也开始得以缓和。所以，她和小艾的对话，也没有之前那么紧绷的感觉了。只不过，在无法确定刘猛回不回来之前，她也并不急着做出决定。她是白禾，打小就不是一个真正意义上的乖女孩。她渴望安全感,渴望占有一个能将她的安全感最大化的人。这几年里,刘猛可以。

而另一个选择项上的人应该也可以,那个人就是贺清明……

贺清明是白禾心里始终无法跨过的一道坎,也是永远无法让她真正愿意去依靠的人。原因不外乎是多年前在屠宰车间家属院的那个夜晚,贺清明近在咫尺,却没有挺身而出。

当然,还有一个人,也可以给予白禾最大化的安全感。那个人,就是刘剑。

于是,白禾继续扯着小艾,要小艾说南陆这几年的变化。小艾说油田现在越来越破落了,大量的人被要求下岗。贴下岗名单的时候,好多油田里的老人都哭了,说共和国怎么就不要他们了呢!白禾倒不意外,她这几年在外面,也见了不少人、不少事,知道全国上下都是这样,只是油田的下岗潮来得晚一点而已。

就这样聊到八点左右,这咖啡店老板德哥的小舅子骑着摩托车过来了。他是来给德哥送羊肉的,要过年了,弄了点好肉给他姐和姐夫尝尝。一进门,他就开始嚷嚷了:"哎呀!海云城那边出大事了,戒严了。不但有特警的车,还有武警的军车。好家伙,都是挎着枪过去的,抓杀人犯。"

德哥一听也来劲了,就问:"是逮犯罪团伙吗?这么大阵仗。"

小舅子说:"好像只是一个人,说是身上捆了炸药。具体……好像是说一会儿八点半公安那边会有新闻发布会,给全市人民交个底,也是怕大家恐慌。"

德哥看了下电视屏幕，还差二十分钟到八点半。接着，他就看到本来坐在门口的那女孩，这时又进来了。刚才他们大声说话时，她应该也有听到。接着，这女孩就问："要开新闻发布会了？应该是人已经抓到了吧？"

小舅子说："肯定是抓到了才开会啊，没抓到开什么会呢？"

就在这时，德哥留意到，这女孩的脸色又变了一下。接着，她急急忙忙扭过头去，从口袋里拿出一张五十的钞票来，要德哥再来两杯咖啡，还说要请自己朋友喝。德哥应了，准备又进到里面去给她冲速溶。女孩说："外面有点冷了，我们坐里面喝吧。"

德哥说："早就想喊你进来坐了。"

女孩就唤那小伙进来，坐到了电视跟前。德哥进去冲速溶咖啡，也再次加了很多奶，端出来时，听见女孩对男孩说："喝完这杯咖啡，我们再给我哥打电话吧。毕竟，我也得有个心理准备。"

那小伙点头。

德哥觉得，这女孩总透着一种他说不出的古怪来。

当德哥将两杯速溶咖啡端出来时，那两人已经坐到了咖啡厅里面。另一边，他小舅子也没准备这么快走，四仰八叉靠在椅子上，盯着电视，应该也是想等着看八点半的新闻发布会。这时，那女孩就问德哥："里面不能抽烟吧？"

德哥笑了："我们这小破地方，哪有这么多讲究。你看桌子上不是都放了烟灰缸吗？"

小舅子也笑了："我早就想点根烟了，看了有客人在，怕熏着你们。原来也是抽烟的人，那就都无所谓吧。"

女孩点头，又抽出一根很细的烟叼上。她身旁那个穿羽绒服的小伙连忙站起来，殷勤地给她点上烟。女孩又扭头去问德哥的小舅子："你怎么知道是抓杀人犯呢？"

小舅子说："我也是听别人说的，据说，还是一个连环大案，布局布得比较久，一直在等着这杀人犯冒头呢。"

"哦。"女孩应了一声，没说话了。

接着就是德哥和他小舅子聊他们自己的事，无非是准备过年的那些内容。那女孩和小伙低着头，小声嘀咕着什么，外人听不见。

十几分钟后，新闻频道就开始响起那种令人震撼的音乐，显得很紧急似的。这时，包房里也钻出来好几个打牌的老人，到大厅里来看电视，应该也是听人说了这风城里今天发生了大事件。

插播的新闻并没有很长，就是主播开了个头，然后切换画面，一个穿着警服的中年警官告诉大家今天风城里出现了一起刑事案件，犯罪嫌疑人是外地流窜过来的。不过，请大家放心，人已经逮住了。况且，他也只是个孤狼凶徒，已经能够确定他没有同伙。所以，市民们不用担心。接着，又切换画面了，这一次出现的，居然是已经被两个高大的武警架着的刘猛。他的外衣已经不见了，只穿着一件白色的衬衣。坐在大厅里仰头的女孩，也就是白禾心里咯噔一下。因为只有她知道，在这件白衬衣外面，本来是捆着雷管的。目前看来，警方将他控制住的时候，他连引爆那雷管的机会也没有。

电视上这一组画面出现时的右上角显示着时间,居然还正是现在这个时间点,说明这次发布会切换到了直播画面。而这个还在不断挣扎的秃头男子,突然对着镜头开始吼叫起来:"人已经弄死了,你们啥也拿不回去!"

白禾的身体猛地颤抖了一下,而她这个非常明显的动作,不可能有人留意得到。因为,所有人的注意力都在电视屏幕里的刘猛身上。

坐在她身旁的小艾,看得也皱眉,他隐隐约约觉得这人好像似曾相识,可是又想不出来在哪里见到过。实际上,当年刘猛的通缉令,在南陆市里登得到处都是。那个通缉令里,还写着他劫持了一名女学生。而这个女学生,正是当年尚在读高三的白禾。

至此,有着刘猛的画面又被切走了,换上了一个穿着警服的女警,开始说一些场面话,无非是安抚市民的情绪。咖啡厅里的众人都"嘘"了一声,互相说没看到多大一个热闹,也不知道是发生了啥事,没什么意思。

而此时的白禾,却正在将她本来摆放在桌子上的双手,往桌下收。因为她的双手开始发抖,后背也爬满了冷汗。她扭头去看咖啡厅外面的那美立方小区的大门。大门口依旧冷清,雪也已经停了。这只是一个在南方城市里无比普通也无比安静的夜晚,但对她来说,却不可能普通或安静了。因为她等着的那个人,已经不可能出现了。

她放在桌子下的腿开始抖动起来。于是,她将抖动的手贴到抖动的腿上。手掌和她的腿之间,只隔着丝袜。她打小就不怕冷，再冷的天也不喜欢穿厚裤子，总觉得那样会显得自己的腿又短又粗。她也知道，黑色的丝袜，总能吸引男人的目光。白禾喜欢这种被人关注的感觉，打小就喜欢。只不过，那时候她为了吸引关注需要做得更多的事，是帮刘长春打饭、帮刘剑哥哥倒水这些。然后，刘剑哥哥就会夸她，还会捏她的脸。可是，在刘剑哥哥眼里，自己始终只是个小女孩，就算她也开始发育了，开始长身体了，开始散发出少女那股子香香的味道了，但是，刘剑哥哥始终看不到，好像也闻不到。他的眼里，永远只有汪小涵。

少女时期的白禾就总是想问一次刘剑哥哥，汪小涵和自己，谁长得好看？并且，白禾总觉得，自己没有哪一个地方比汪小涵差。如果真有不足，无非就是汪小涵比自己年纪大上那么几岁而已。直到有一个傍晚，汪小涵来到油田找刘剑。那天，汪小涵穿了丝袜，还烫了大波浪的头发，抹了红嘴唇。刘剑看了就哈哈大笑，夸汪小涵这模样真好看，就是显得不太正经，似乎是想要勾引自己这个优秀警察犯错误。

汪小涵也笑了，说："我难得打扮一次，也不是给别人看，就给你看，不可以吗？"

刚上高中的白禾站在旁边看着，听着……她胸腔里的脏器开始翻江倒海，小手开始颤动……那时光啊，唰一下就往前了，她再次站到了屠宰车间家属院四楼的那个房间的窗边。窗外，是有着皎月和晴朗星空的夜晚。身后，是她再也不存在的小小的家庭。眼前，她所见的人，依旧是刘剑。只不过，多年前的刘剑是大步朝自己走了过来；而此时的刘剑，是大步朝着那穿着丝袜的汪小涵姐姐走去。

白禾认了……她觉得，哥哥能够和汪小涵幸福也好吧！自己就算永远只能是哥哥的一个妹妹，也好吧！她在无数个夜晚，不断地说服自己，也检讨自己的诸多想法。

白禾以为，自己能够安静下来，最终坦然面对自己终将一帆风顺的人生轨迹。在这个人生轨迹中，她收获着她最渴望收获到的诸多安全感——来自刘剑的、来自贺清明的，还有来自刘长春的、来自郭连环的……

以及，来自刘猛的。

要求刘猛杀死白丽蓉，本只是一个冲动的想法。在饭店包厢里，她对刘猛说过以后，刘猛甚至还批评了白禾。白禾也噘着嘴，做出生气的模样，但那时的她，其实也只是装装而已。可没想到的是，几天后的一个早上，刚到学校门口的白禾，居然遇到了在那儿等着自己的刘猛。刘猛啥也没说，只是拿出了一条粉红色的发带，对着白禾远远地挥舞了几下。白禾上前，接过了这条发带。她认得这条发带，是白丽蓉的发带。

白禾的第一反应是惶恐。但紧接着，她走进教室，坐好后，心开始飞快跳动。她发现，自己居然有了小小的兴奋。而这种兴奋，源于她觉得自己这是在为刘剑做一些事，而刘剑哥哥却压根就不知道。也就是说，在白禾心中，她正在用自己的方式，为刘剑哥哥清理掉身边不好的东西。

白禾以为，生活又会重新回到最初的模样，就好像是她的小学语文老师被刘猛悄悄地杀死后，一切也终究会归于平淡。

但是……

4.魔法师的魔法

很久以前，有一位魔法师，他能够变出会自动工作的工具。但是，他从来不使用这个魔法。于是，他的学徒每天都要费力地扫地，拖地，做饭，洗碗……有一天，魔法师要去远方拜访他的一位老朋友。出发前，他叮嘱他的学徒，一定要继续保持每天做家务的好习惯，并且要自己做，而不要使用魔法让工具去做。

然后，魔法师就出门了。

学徒还是在自己费力地扫地，拖地，做饭，洗碗……

他继续着这一系列重复而又烦琐的事。

到第三天，他就觉得再也受不了了。自己学会了魔法，不就是为了让自己能够舒舒服服地享受魔法所带给自己的便利生活的吗？

于是，他开始用魔法棒，令扫把、拖把、厨具都拥有了自动工作的能力。接下来的日子里，他只需要静静地躺在房间里，看着工具把家务做好，自己啥也不要干。

可是，到这天，他自己也要出门去好朋友家玩一天。这时，他就开始犯了愁。如果自己出去了，工具还是会重复它们的工作。可是，家里已经没人了，做出来的饭菜给谁吃呢？难道都要浪费掉吗？

他开始意识到问题的严重性了：他有能力令工具代替自己做很多事，但是他并没有令工具停下来的能力。

而白禾，不就正是这个开始使用魔法的学徒吗？一旦开始，就无法停下。就算她自己愿意停下来，但工具是不会停下来的。

很多年前,她就知道刘剑哥哥终会和汪小涵姐姐结婚。每每想到,她就非常难过。只不过,之前每次难过时,她会反复告诫自己——哥哥能够幸福,就是自己的幸福。在她小的时候,以为自己对哥哥的这种情感,就是叫作亲情,是一种被最大化的依赖导致的无法被割裂开的亲情。她一天天长大,在情窦初开之时,却发现身边的每一个男孩都是愚蠢恶心的模样,唯独她的刘剑哥哥,大大咧咧嘴笑的模样,令她十分欢喜。她看了讲爱情的电视,看了讲爱情的小说,最终明白了,自己对刘剑哥哥的这种情感,早已随着自己年龄的增长,产生了变化。她爱刘剑,爱着她的这个哥哥。她总想要替代掉汪小涵,成为刘剑哥哥身边唯一的女人。

在知悉了刘剑和汪小涵就要结婚的消息后,她再一次痛苦起来。她发现自己根本就无法面对这一天真正到来的现实。于是,一个大胆的想法开始在她心里萌芽,这个想法无比邪恶,但是又好像非常可行。因为,她隐隐察觉到,刘猛杀死白丽蓉的事,似乎会被人发现。如果刘猛出事,他是肯定不会说出他与自己的这一层关系的。也就是说,无论刘猛以哪一种方式从南陆市里完全消失,自己都会是非常安全的。那么,可不可以让刘猛在离开之前,令汪小涵也从这个世界上消失呢?到那时,刘剑的世界里,就只有自己这一个女人了。

她一想想,就很兴奋。她的手心甚至开始出汗了,小心脏也跳动得非常厉害。她换了套衣服,还穿上了丝袜。然后,她拿出那条浅蓝色的发带,将头发系好。她打开抽屉,里面有贺清明给她买的手机，只不过刘剑哥哥说要等她上卫校以后才能用。

她打给了刘猛，并坐上了油田班车，去到了宏图公司旁边的公交车站。她一步步往刘猛的公司走，并没有察觉到马路边停着的一辆轿车里，她最为关注的那个人——刘剑，正在看着她。

她和刘猛见面了，然后一起上了车。刘猛问去帝豪大酒店怎么样，白禾点头。

他们将车开进帝豪大酒店停车场，下车后走进酒店大厅。刘猛开了房，然后领着她进电梯，上楼，进房间。刘猛将房门带上，迫不及待地撕扯白禾那条白色的裙子。白禾说："你……你还得答应我一件事。"

刘猛说："又是什么事？"

白禾说："你还得帮我杀一个人。"

刘猛的动作停下了，他瞪着白禾，说："你是不是疯了，没完了吗？"

白禾说："这是最后一个。"说这话时，她能够确定，这也一定会是刘猛最后一次在南陆市杀人。因为这事成了后，她有方法让警方知晓刘猛杀人的事。在之前几分钟里，她已经将那条本属于白丽蓉的发带，也就是刘猛杀了白丽蓉后，特意拿给白禾用来证明的发带，偷偷塞到了刘猛车上的缝隙里。

刘猛摇头，说："丫头，我不能陪你这样疯下去，会出事的。"

白禾就开始作势要哭，并说："我十几岁就跟着你，名声也是被你弄到体育场那一次给搞臭的。到现在,我有什么事,你却不帮我了。那我去找谁呢?"

刘猛就受不了这一套,便咬了咬牙,说:"行吧。只不过,这次不能着急,等过了这段时间的风头才行。"

白禾也没勉强,然后就和刘猛一样,搂上了对方。就在他俩赤条条在那房间里的床上折腾时,巨大的撞门声响起了。紧接着,那扇门被撞开了。刘猛在撞击声刚开始响起时,就已经提起裤子上门边去了。到门被撞开,他跟一头豹子一样,唰一下就推开外面冲进来的人,往外跑去。接着,白禾听见了刘剑哥哥的声音,听见了贺清明的声音,听见了走廊上玻璃破碎的声音和人们的叫喊声、脚步声。直到声音都消失后,她坐起来,去拿旁边的白色裙子。这时,她看见贺清明——她同父异母的哥哥贺清明,瞪大着眼睛站在那扇被撞开的门口,凶神恶煞地看着自己。

白禾的嘴唇动了动,但是不知道应该说些什么。最终,她站了起来——赤身裸体地站了起来。她故意挺着胸,让贺清明能够看到自己那已经发育完整的性征。接着,她冷冷地看着贺清明,缓缓地将内裤穿上,将内衣穿上,最后将裙子套上。她坐到床沿边,将丝袜也缓缓套上。

贺清明扭头了,半晌,他说:"我要怎么做才能弥补我在八年前的那个夜晚选择的逃避举措?"

白禾说:"你永远弥补不上。所以,你永远没有权利管教我。"

在跟随着贺清明下楼前,白禾趁贺清明不注意时,偷偷弯腰,将刘猛那辆马自达的车钥匙捡了起来,放到了自己的小背包里。她垂着头，一声不吭，跟着同样一声不吭的贺清明下楼，上了贺清明的车。贺清明发动了汽车，开出了帝豪大酒店停车场。他开始跟人打电话，但白禾什么都听不见了。她扭头望向一旁，看着南陆市变成了若干个图片，一帧一帧地往她身后飞逝。她不知所措，接下来要如何面对每一个人呢？

她想要将身体缩起来，缩回多年前那个狭窄的衣柜。但衣柜却早已消失，自己是一个活在大大世界里的成年女孩了，不可能选择逃避。

她面无表情，跟着贺清明去了他在紫玉山庄的那个刚装修好的漂亮的家。贺清明心事重重，好几次走到她面前，似乎想要说些什么，但每一次又都摇了摇头，没有吱声。

白禾希望贺清明骂自己，甚至打自己。然后白禾就可以像一个骄纵的小孩一样，对着贺清明大声地反驳，声嘶力竭地尖叫。最终，那积压于心底的执念，都能够得以宣泄出去。

可贺清明什么都不说，什么也都不做。他留下了钱，留下了叫餐的电话，告诉白禾日常用品都放在哪里，冰箱里又有一些什么食物。最终，他选择了离开。再接着，就是汪小涵的到来。她笑着，是和平日里一样的笑意。她依旧将白禾唤作妹妹，就好像她并不会夺走刘剑一般的高尚模样。

白禾应付着。她的脑子里很乱，不知道接下来到底要怎么办。她很想给刘剑打个电话，唤他一声"哥哥"，然后冲刘剑哇的一声哭出来。

她没敢打。于是，她坐在客厅里，盯着那扇门，期待着刘剑皱着眉凶巴巴地出现，骂自己也行，打自己也可以。

但刘剑始终没有出现……

她并不知晓的是，在她坐在客厅里期待着刘剑出现的时候，刘剑已经离开了医院。他让薛铁锤将自己送到了紫玉山庄小区外，并走进了小区。他在楼下走动，抬头看亮着的窗。他也很想上楼，但不知道如何面对白禾。最终，他选择了等真相清晰后，再来迎接这一次面对面……

他并不知道，这一犹豫，就是不可挽回的结局。

四点十六分，白禾的电话响起了。本就没能入睡的她按下了接听键，那边是刘猛的声音。他们的对话直接切入了主题。白禾答应了帮刘猛将他的车开出来给他，但交换条件是刘猛现在就必须赶到紫玉山庄来，进入此刻白禾所待着的房间里，将睡在客厅的汪小涵杀死。

白禾是这样说的："你反正要离开了，总要帮我完成最后的事情吧！"她甚至到了那个时候，还在天真地幻想只要汪小涵死了，刘猛消失了，那么所有的一切就都能够变成她想要的模样。

刘猛答应了。

白禾下楼时，天气有了一丝微凉。小区门口有出租车，她上车，要司机载她去了帝豪大酒店。她进了帝豪大酒店的停车场，上了车。之前教她开车的人是刘剑，教得挺细致。白禾本也聪明，学得也很快。只不过，她从没有自己一个人开过。所幸，从帝豪大酒店出来后，车就可以上新建好的南陆大道，一条直路就可以到紫玉山庄。

于是，在这个平常的夜晚里，罪恶开始持续上演。刘猛用白禾提供的密码按开了房间门，毫无准备的汪小涵死于非命。刘猛出了小区，躲在花圃里。等到白禾开来了那辆马自达轿车，刘猛赶紧上车。他本想要和白禾说上几句话，可就在这时，在他们的前方，骑着摩托车的刘长春从油田赶了过来。看到了车上的刘猛和白禾，刘长春将摩托车往旁边一扔，大步朝汽车跑来，并张开了双臂要拦住车。刘猛一咬牙，将油门一脚踩到了底……

汽车往前冲去，刘长春的身体飞到了半空……

汽车驶向了那终于有了晨曦照到的道路前方，而刘长春的身体在空中转了一个圈，最终后颈朝下，重重摔到了地上。

白禾对着身后那落地的身影，大声地嘶吼起来："爸爸！长春爸爸！"

刘长春再也不会应她了。

至此……白禾跟着刘猛，离开了南陆市，过上了亡命天涯的生活。

5.无法回去的女人

小艾的叫唤声，让白禾终于从那过往的一幕一幕中跳脱了回来。她咬咬牙，闭上眼睛，努力让自己变得冷静下来，也让自己那抖动着的手和脚都不再显出慌乱。她再次睁开眼时，眼前是小艾那急切的神情："要不，我们现在就给你哥打个电话吧？"

白禾想了想，说："你还是等我一小会儿吧！我上一趟楼，收拾一点东西。"

小艾便连忙站了起来："我跟你一起上去吧，还可以帮你提东西。"

"不用了。"白禾也站了起来，"我就住在这个小区里面，很快就会出来。"

小艾面露难色："白禾，这样不好吧。如果你又消失不见，那么我们这些人这几年的努力都白费了。"

白禾微笑："我答应你会出来，就一定会出来。如果我真要甩开你，那么你也不可能二十四小时盯死我的。"

小艾说："那倒也是。"他又想了想，还是不放心。于是，他正色道："白禾，混蛋哥这几年真的混得特别好，他现在都已经是南陆市企业家协会的会长了。青龙城地产公司也是归他管着。你只要回去了，他一定有办法让你落个干净的身份，然后开始过舒坦的生活。你知不知道，就算是当年在咱们南陆市里叱咤风云的南霸天，现在看到你哥都乖乖的，说话可温柔了。"

白禾还是微笑着："我哥本来就很厉害，他混到现在这个样子，是自然的。"说完这话，她便开始往咖啡厅外面走。走出几步，还是回头过来安抚小艾："我答应了你会回来跟你走，就不会食言。你也先不要给我哥打电话，等我想好了怎么跟他说了后再打。嗯，小艾，我出来了这么多年，总是有点属于我自己的小事需要去办一下的。"

说完，她也没管小艾应了还是没应，扭头往前走了。

她出咖啡厅，过马路，到美立方小区。她的高跟鞋在雪地里留下深深的印子，一路延伸到了她和刘猛租住的那栋楼。老楼房并没有电梯，所以她抬腿，一步步往上，很快就走到了顶楼。她开门，往里走，穿过房间，又开了通往天台的那扇门。风城的冬天并不是特别冷，就算下雪，也还是零上几摄氏度，加上这吴森林长得肥胖，没那么容易被冻死。也就是说，当时在天台的红砖房里的吴森林，其实还是活的，并没有断气。如果这一刻的白禾发发慈悲，做点什么，那么吴森林还有机会度过这个生死劫难。

但此刻的白禾，却已经很清晰，也很明确地知晓了自己接下来的人生将要朝着哪一个方向走了。刘猛是回不来了，他作恶多端，吃枪子是肯定的。所幸，如果他知道自己横竖是个死，凡事都会大包大揽，不会让自己受太多牵连。而自己只需要跟随着小艾回到南陆，就会有贺清明的庇护。再加上她还可以将所有的事都推卸到刘猛身上，说自己当时不过是一个小孩子，这些年被他控制着，无能为力，那么，最终，自己虽然可能会吃点苦头，但还是有很大概率开启新的人生篇章。

只不过……只不过在这世上，知晓自己和刘猛在这一系列罪恶中是同伙的人，还有一个。这个人，就是吴森林。所以，只要吴森林也死了，那么，之后的一切一切，都死无对证。就算自己最终落到警察手里，又能有多大事呢？

于是，在几分钟后，那转身走出了红砖房的白禾，脸上挂上了一丝诡异的微笑。她的手里拿着一把折叠的小刀，刀尖是血。她将小刀合上，甚至都没有抹去上面的血。然后，她回到屋里，重新关上了那扇通往天台的门。她环顾四周，觉得也没有什么是自己想要带走的了。再说了，一个终于摆脱了恶魔控制的无辜女孩，还会眷恋这屋里的任何东西吗？此刻的她，需要的是恢复成一个与她的年纪相仿的女孩应该有的模样。那么，此时的她，应该是激动与欢欣的，且急急忙忙跟着哥哥派来的找到了自己的人，逃命一般地离开这座城市，回到她从小长大的地方。

　　白禾松了口气，觉得这几年的紧张生活应该是告一段落了。她还开始意识到，自己等待了很多年很多年的时刻，似乎终于来到。而这个时刻，本应该在2002年的那个凌晨就到来的。在那个凌晨，她将车给了刘猛，说上几句话。然后刘猛开车离开南陆。她——白禾，留在了已经没有了汪小涵的刘剑的身旁。

　　时光荏苒，白驹过隙。本应该属于她的这个时刻，迟到了快四年。而之所以如此，是因为刘长春的出现。每每想到这儿，白禾心里就无比难受，是恨意吗？也说不上。为什么？为什么长春爸爸会在那个凌晨赶到了他不应该出现的地方呢？

　　白禾关上了这个租住的房子的门，快步下楼。经过楼下的小池塘时，她将手里的小刀对着里面一扔。她越发兴奋，感觉一场噩梦即将结束。于是，她的步子变得欢快起来，甚至不由自主地哼起了歌，快步朝着小区门口走。她迫不及待，尽管她又总感觉自己灵魂深处，有着一种隐隐的不安。但她不在乎这种不安，也不想去深究这种不安是源于什么。

　　白禾走出了小区，看到站在小区门口的小艾。小艾看到她，很明显松了一口气。白禾就问小艾："你有没有背着我给我哥打电话汇报啊？"

小艾愣了一下，最终，他讪笑，照实说道："打了。"

白禾点了点头，这次，她没有责怪他了："你怎么说的？"

小艾说："我都照实说的，还告诉他，今晚就有一趟车经过风城，我们会上车，明天下午就能够到南陆。嗯嗯，我还对他说了，你这会儿还没想好要对他说些什么话，所以，等你想好了，你就会给他打电话的。"

白禾满意地点了点头，又自顾自地小声说道："实际上，这些年里，我如果想打给他，早就打给他了。"

小艾就试探性地问道："那么，我们现在就去火车站吗？今晚上有车。"

白禾答应了。

接着，两人站在路边等出租车。和下午她送刘猛时不一样：那时，他们运气很好，很快就叫到了车；而这一次，他们等了有十几分钟。直到上了出租车，对司机说了去火车站后，小艾再一次询问白禾："现在要不要和你哥哥通个电话？他刚才就反复说了，希望早点听到你的声音。"

白禾犹豫了一下："过一会儿吧。"

她并不知道自己这持续的推诿，实际上是她内心深处那一层她不想要深究原因的不安所导致的。

他们到火车站时，已经是晚上十点了。那个年代买火车票还不用实名制，所以，小艾便去排队买了票，是十二点半途经风城的一趟车。他买的是软卧，比其他票贵了很多。不过无所谓，贺清明在当时已经完全不需要在意这么点小小的开支了，小艾也不需要给他省。

小艾要领着白禾进候车大厅。白禾却没答应,而是看了看车票上的时间后,说:"我们在火车站外面的广场坐会儿吧,里面不能抽烟。"

小艾觉得这理由没有任何毛病,便欣然答应。可实际上,这些年白禾跟着刘猛东躲西藏,早就已经习惯了不去人多的地方,也害怕去往人多的地方。只有在空旷场所的角落里,她才能够得到她想要的安全感。

他们坐在了火车站前面广场上那小小水池的边上,各自点上了一支烟。白禾再一次开始询问南陆市这几年的变化,听了小艾的回答后,她也时不时露出向往的神情。聊了一会儿后,她终于忍不住了,再次问起了刘剑。

她说:"贺清明就没有找找关系,帮忙把刘剑哥哥调回到市里面吗?"

小艾说:"应该是想过吧。只不过,我之前不是也和你说了嘛,是刘剑自己不愿意回来。"

白禾一愣,紧接着,那一点点在她内心深处的不安,终于开始扩散开来,进而在她的整个世界里爆炸。她猛地意识到,一旦回去,她能够收获到新生的同时,也还要直面自己在之前所犯下的所有罪行。一个在多年前无比惶恐害怕、被刘剑哥哥抱出屠宰车间家属院四楼房间的小女孩,在摧毁了哥哥的一切以后,又应该以何种颜面去重新面对哥哥呢?

对他哭泣?对他道歉?对他装出单纯幼稚的模样?还是跪在地上,乞求哥哥原谅自己曾经的年少无知?

白禾打了个冷战,她左右看看。她所处的位置,与无数个深夜里她与刘猛提心吊胆地四处辗转时所驻足的诸多车站，是一模一样的所在。雪停了，世界是白色的，白色之上，是黑色的天空。在这白色与黑色之间的所有，于她眼里，皆是灰色。

她突然间意识到，这终究还是一个苍茫之下的世界。

这几年里，她无数次一个人默默走到路边的公用电话前，看着电话机发呆。有时候是有人守着的书报亭里的电话，有时候是小卖部外面摆放的电话，也有时候是那种需要插卡的无人值守的电话。还有一次，她在某一个南方小城里，进过一个有门的封闭着的独立电话亭。除了发呆，她时常也会抬手，拿起话筒，然后开始按号码。有时候，她会按给刘剑哥哥；有时候，她会按给贺清明哥哥；很多次，她甚至想冒险，任由电话接通，听到对方的声音再急急忙忙地挂断。哪怕只听到他们说一句"喂！"，对白禾来说，也会是极大的满足。

但最终，她都没有足够的勇气。

也就是说，她始终没有勇气去面对自己的过往……

最后，她打给了她的长春爸爸。她等啊，等啊……等到了电话那头传来"您拨打的电话已停机"的声音。

白禾泪流满面……在有人守着的书报亭的电话前，在小卖部外面摆放的电话前，在需要插卡的无人值守的电话前，在有门的封闭着的独立电话亭里……一个人，握着听筒，泪流满面。

犯下了罪恶，就注定要接受惩罚。

她站了起来，表情自然又平静。她将了将头发，然后对小艾说:"我去买两瓶水。"

小艾说:"我去吧!"

白禾耸了耸肩:"时间也还充裕,我也随便走走。毕竟,我在这座城市中待了这么久,要离开了,也还是有点舍不得的。嗯,我一会儿就会回来的。就像之前一样,我答应了你的,不会食言。"

小艾便也没多想,点了点头。

白禾看了小艾一眼,又看了小艾身后的火车站一眼。她微微笑了笑,转身,踩着地上的积雪,往前走去。

2006年1月25日,是腊月二十六。这一年没有年三十,过年二十九。所以,这个夜晚,距离除夕夜只剩三天。

曾经在南陆市犯下大案的犯罪嫌疑人刘猛,在逃亡的这几年里,陆续犯下2003年"11·12海阳市碎尸案"、2004年"3·12苏门焚尸案"、2004年"9·21彭川市海洋夜总会双尸案"和2005年"12·13古浪岛情侣劫持虐杀案"。最终,他在风城进行一次计划了很久的绑架勒索案时,被公安机关成功抓捕。作为一个有很强反侦查意识的犯罪分子,刘猛在接受审讯时避重就轻,油嘴滑舌,故意消耗掉了能够解救出风城绑架案的受害者吴森林的黄金时间。到1月27日,也就是吴森林失踪后的第三天,警方通过线索找到了美立方小区那个顶楼天台外的配电房时,吴森林已经死了快两天。法医在他身上并没有发现致命伤,给出的结论是吴森林是被活活冻死的。只不过,在吴森林的脖子大动脉位置,有一条很深的口子,并有大量的血流淌出来后结成的血痂。法医推断,这个伤口的制造者，出发点应该是想要将吴森林刺死。可当时天气太冷，加上吴森林身体也极度虚弱，所以血液并没有大量喷洒出来。

法医推断，吴森林死亡的时间是在1月26日凌晨。而这个被刺的伤口，应该是在他断气的几小时前，也就是在1月25日晚上产生的。而1月25日晚上，刘猛已经落网。并且，在刘猛得意扬扬地叫嚣时，也只是说了吴森林已被弄死，而并没有说他在吴森林的要害上扎了一刀。如果真是杀人如麻的刘猛下手的话，是不大可能失手的。

所以，专案组得出一个结论——刘猛被抓后，还有人回到了美立方小区那个顶楼天台外的红砖房里，并手法笨拙地割开了吴森林脖子上的大动脉。

专案组的警察们基本上可以肯定，这个回到配电房里作恶的犯罪嫌疑人，应该就是2002被刘猛挟持着离开了南陆市的白禾。而更多的线索都指向白禾在刘猛这几年到处流窜作案的过程中，起到了至关重要的作用。

可惜的是，白禾从那天开始，就好像在这世界上彻底地消失了。警方唯一掌握到的信息就是，她曾经用过一个叫作"劳云子"的化名。

尾　声

2006年1月28日,是除夕。这一年没有年三十,过年二十九。

早上,贺清明一个人出门,开车朝水库方向去。车窗外,天空是灰白色的,不像是一个阳光普照的日子。天气预报也说了,今天下午应该会开始下雪。电台的声音还欣喜地说道:"瑞雪兆丰年。相信今晚以后,会是一个万物欣欣向荣的新年。"

从市区到水库警务室通了高速后,现在只要四十分钟车程了。尽管如此,刘剑也基本上没回去过。昨天晚上贺清明给他打电话,问他要不要来自己家里过年。刘剑说要值班。他还说:"耿老爷都退休了,这里没人守,冒出几个歹徒偷鱼怎么办呢?"

贺清明说:"不来拉倒,那我明天唤人给你送点年货过去。"

刘剑又说:"不用了,我不喜欢和你下面那些社会人接触,来了我也不会搭理他们。"

贺清明就懒得和他说了,挂了电话后,决定第二天自己亲自上一趟水库。毕竟，两天前，他收到了和白禾有关的消息，尽管结果又和没收到这些消息之前，没啥区别。

只不过，贺清明也没想好，要不要告诉刘剑这一切。刘剑对白禾，还是哥哥看待妹妹一般的情感吗？是满满的恨意呢？

他将车停在了水库警务室外面，然后从后备厢里搬出两个大纸箱，里面有一些腊鱼腊肉，这些肉食能放很久。还有一箱烟和一箱酒，以及一些水果。然后，他就开始冲着里面喊："刘剑！刘剑！死了没？"

里面很快就有人应了，接着，那警务室的窗帘被拉开了，一个满是毛的脑袋探了出来，两只眼睛盯着外面看了看。毛脸下半截上的毛就动了，露出白色的牙齿："咋了？行贿都行到我们水库警方头上了，你是要广撒网吗？"

贺清明没好气："赶紧开门，外面冷死了。"

刘剑便开了警务室的门。他蓬头垢面，身上穿着一件军大衣，军大衣里面是警服。贺清明说："你要不要过来帮下忙？"

刘剑穿着一双毛绒拖鞋出来了，嗒啦嗒啦地走到贺清明的车尾。看着那纸箱里的物件，他撇了撇嘴，说："小混蛋，你拿这些东西来干什么！我戒了烟，也不喝酒了。你弄这些烟啊酒啊，给我没啥用。"

"你戒烟戒酒了？"贺清明歪着头看他。

"怎么？很奇怪吗？"刘剑边说边把那烟和酒都放回到贺清明的后备厢。他又看了看那些肉食和水果，最后自顾自地点点头："你一番孝心，我都给拒绝掉，完全不领情，会伤了你的心吧？"

贺清明瞪眼："要不要？不要我扔水库里喂鱼。"

刘剑哈哈大笑，将这些肉食和水果往警务室里搬，并说："你要不要和我一起吃个午饭？我煮一锅鱼给你尝尝，我们水库的大头鱼特别鲜美。"

贺清明笑了，扭头从那箱子里拿了一瓶酒出来，说："你不喝酒，我自己总可以喝一点吧？"

刘剑说："得，那我也陪你喝一点，毕竟是你小子的一番孝心。"

贺清明抬腿踢他，然后合上后备厢的门。他停顿了一下，心里小小地琢磨了一会儿。最终，他觉得还是算了吧，不和刘剑说白禾的事了。看刘剑现在这样子，或许，也已经开始接受无亲无故的生活了。

再说……再说他也不是完全无亲无故，他不是还有自己这个兄弟吗？真要掰扯起来，自己和他还应该算是亲戚来着。毕竟，他们有着同一个妹妹。这个妹妹，就是白禾。

钟宇初稿于2024年9月28日
二稿于2024年10月4日